말이라 불린 남자

스마트북스
소설가

말이라 불린 남자

박인 소설

문학나무

소설가의 말

쓰는 인간Homo Scribens

그는 쓰는 인간이다. 쓰는 인간이지만, 부르는 대로 받아쓰거나 남의 것을 베껴 쓰는 인간이 절대 아니다. 그는 소설을 쓴다. 그는 어려운 소설을 쉽게 쓰는 인간이 아니다. 작가에게 쉬운 소설은 없다. 누가 단편 하나를 하루 밤에 썼다는 구라를 풀면 갑자기 감자를 먹이고 싶어진다. 소설은 삶을 통찰하는 창이라고 믿는 그는 소설을 기록한다. 쉬운 소설이 애초에 없다고 믿기에 어렵게 쓴다. 그의 두터운 뿔테 안경에는 사실주의자의 시선이 삶의 창을 넘어 꿈틀거린다. 구도자적인 자세로 쓴 소설에는 철학적 사고와 끈질긴 집념이 있다. 그는 소설을 쓰기 전에 철학책을 읽는다. 이 땅에 사는 보통 인간들에게 결핍된 부분이다. 그는 소설과 사투를 벌인다. 쓰고 지우고 처음부터 다시 쓰기를 밥 먹듯이 해치운다. 쓰는 일을 위해 먹고 자고 마신다. 소설 쓰는 일을 최우선에 두기에 먹고 사는 일이 거추장스러운 경지에 이른 것이다.

초점을 소설에만 둘 수 없는 내게 지금도 먹고사는 일은 중한 일이다. 일중독에 빠져있던 어느 날, 심신이 탈진 상태인 나는 서울 어느 창작촌에 머무는 그를 찾았다. 돈벌이 때문에 내 몸의 정기는 고갈되었다. 정신이 온전하지 않았다. 폐병이 찾아오고 밤마다 몸은 불덩이가 되었다. 상처투성이 마음을 달래려고 술을 마셨다. 술이 술을 부르고 목마름은 이어졌다. 드디어 나는 불치병에 걸린 것이다. 내 증세를 살피니 돈도 사랑도 치유가 불가능해 보였다. 신내림을 받아야 낫는 무병처럼 소설 병에 걸린 것이었다. 한줄기 빛을 따라 나는 쓰는 인간에게 갔다.

　그는 충주 강변 거의 폐가에 가까운 오두막에 살았다. 무덤가 빈집이었다. 묵은 쌀 몇 킬로와 플라스틱 통에 담긴 곰팡이 핀 된장이 그가 먹는 전부였다. 그나마 바닥이 보였다. 집은 대문도 없이 허물어지고 있었다. 마른 잡초가 수북한 작은 마당에는 뿌리를 드러낸 나무둥치들이 쌓여있었다. 그는 산과 마을에 버려진 나무를 주어다 아궁이에 불을 지펴 방에서 겨울 냉기를 밀어냈다. 전기와 수도마저 끊긴 그 집에서 겨울을 보낸 그는 피골이 상접한 상태였다. 글을 쓰는 귀신처럼 보였다.

　"아이고 여기서 어떻게 살았어?"

　"그냥 살았어. 소설만 쓸 수 있다면야."

　죽음도 두렵지 않을 것이다. 순간 나는 지조 높은 선비의 귀양살이를 떠올렸다. 그 중 가장 가혹하다는 위리안치. 궁벽한 전라도 산골 유배지나 섬의 배소에서 달아나지 못하도록 탱자나무로 높은 울타리를 만들고 가두는 형벌과 다름이 없다. 다른 점은 누가 가둔 것이 아니라 본인 스스로 독방으로 걸어서 들어갔다는 점이다.

침낭과 이불로 만든 동굴이 썰렁한 방 한 가운데 놓여있다. 그 동굴 앞 머리맡에 작은 책상이 있고 불빛을 주고 남은 양초가 책상 위에 붙어있다. 봄이 오면 그나마 씀바귀 쑥부쟁이 야생미나리를 캐서 된장국을 끓일 수 있었다. 입에 풀칠을 하면서 버티지만 한겨울엔 머리맡에 떠다놓은 자리끼가 얼어붙을 지경이었다. 이불을 쓰고 앉아서 언 손으로 자판을 두드리는 그는 한기가 느껴지면 한밤중이라도 일어나 불씨를 살렸다. 추위와 외로움에 몸서리치며 소설을 쓰는 그는 곧 성인의 반열에 오를 것처럼 보였다. 친구들은 그가 그 쥐꼬리만도 못한 작가들 평균소득을 더욱 낮추는 인간이라고 농담 반 걱정 반 거들기도 한다. 천만에 그는 눈 하나 깜짝하지 않을 것이다. 그는 소설만 잘 써진다면 지옥에라도 기거할 인간이다. 적어도 내가 아는 그의 모든 삶은 쓰는 일에 맞춰져 있다.

그는 소설과 결혼했으며 소설 쓰는 장소가 어디든 그 곳이 직장이다.

껍데기 몸을 벗고 내 영혼이 저승의 음침한 골짜기로 떠난 후에도 소설은 유언처럼 남아있을 것이기에 그처럼 나도 쓰는 인간이 되고 싶었다. 그 후로 몇 편의 단편 소설을 쓰니 내 병세는 한결 좋아졌다. 다시 거짓말처럼 사랑을 하고 죽음처럼 술을 마시니 병이 재발하곤 한다. 고질병이란 대체로 생활 습관이 만든다. 그가 써준 처방전을 기억하고 운기조신 책상에 앉아 무엇인가 긁적이면 증상이 완화되고 잠깐 기분이 좋아진다.

쓰는 인간에게 쓰는 일은 곧 숨을 쉬는 일이며 길을 걷는 일이다. 사상이 소설을 못 쓰게 한다면 그는 이데올로기를 버릴 것이다. 버리지 못하면 붙잡고 설득할 것이다. 사랑이 소설에 장애가 되는 시점에 그는 사랑을 피해 어느 산골로 들어갈 것이다. 혼자 소설과 씨름판을 벌이고 있을 것이다. 가슴 아픈 사랑이야기를 반달로 보내고 오지 않을 미래도 만월로 보낸다.

예수가 스스로의 행적에 주석을 달았던가. 부처가 가는 길을 설명하며 갔던가. 주석과 설명과 변명은 쓰는 사람의 일이 아니다. 기록하듯 각인하듯 한 문장씩 써나가는 길이 내 앞에 놓여 있다. 아아, 호모 스크리벤스여! 나는 너의 뒤를 따른다.

2018년 1월
박인

차례

「**귀신을 보았다**」 이렇게 읽었다 _ **이민호** 문학평론가, 시인

전사는 다시 투창을 치켜든다

귀신이야기는 전래로 민중의 담론형식이다. 귀신을 통하지 않고는 삶의 고통을 풀길 없는 하층계급의 원한 섞인 목소리가 담겨있기 때문이다. 나아가 귀신을 통하지 않고는 삶의 희망을 의탁할 수 없지 않는가. 그러므로 귀신은 무섭고 두려운 존재이지만 삶의 의지를 새롭게 구축하게 하는 벗이기도 하다. 이러한 틀에서 박인이 귀신을 소환하는 까닭을 가늠할 수 있다. 더불어 이 작품을 통해 박인의 소설쓰기 패러다임을 접할 수 있다.

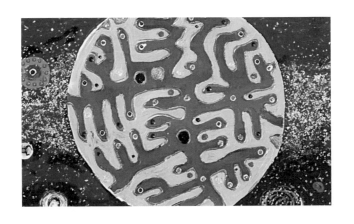

세월이 흘러도 시대가 바뀌어도 세상은 변하지 않는다. 불평등과 억압과 폭력은 모습을 바꿔가며 여전히 민중을 억누르고 있다. 이는 이 작품 속에 내재된 박인의 세계인식이기도 하다. 작가로서 이 실존적 모순을 어떻게 해결할 수 있는가. 현실의 부조리 양태를 전달하는 것만으로는 만족할 수 없다. 그러므로 박인은 꿈의 공간을 설정한다. 꿈속에서 만나는 귀신은 현실세계에서 마주했던 인간군상의 무의식적 반영으로서 오히려 더 생생하게 현실을 보여준다. 이 작품 속에 등장하는 귀신들의 형상은 해체된 몸을 통해 드러난다. 이보다 더 현실의 참혹함을 드러내는 표징이 있을까. 박인의 그로테스크한 시체 묘사는 그만의 특장으로서 핍진함을 더해주기에 현실의 급박함을 곡진하게 체험하게 된다.

박인의 소설쓰기는 인간에 대해 연민의 끈을 놓지 않는데 힘이 있다. 그리고 이면에 자리하는 부채의식이 중요한 동기로 작용한다. 원죄의식으로 치부해버릴 수 없는 살아남은 자의 슬픔이 있는 것이다. 삶에 매달릴수록 삶의 허기를 떨칠수 없는 것이다. 현실에서 추방되어 귀신의 세계에서만 존재할 수밖에 없는 사람들을 대신해서 그는 무언가 할 일을 찾아야 한다. 소설쓰기는 그 할 일 중 하나다. 그러므로 박인의 소설은 현실 모순에 저항하는 기록이어야 한다. 이런 측면에서 이 작품 속에 등장하는 '쇠못 칼' 세 개는 박인 소설의 반항적 상징이다. 폭력을 향해 달려가는 저항의 쇠못 칼로서 현실의

간극에 꽂힐 때에만 세상은 균열되고 전복될 수 있다. 거기에 서서히 사라지는 상징체계로서 한의 풀림이 성취된다. 그처럼 그는 카뮈처럼 부정하며 반항하는 작가로 거듭나길 욕망하고 있음을 이 작품 속에서 보여주고 있다.

박인이 간직한 쇠못 칼은 루쉰의 「이러한 전사」에 나오는 투창을 떠올리게 한다. 루신은 엄중히 말한다. "이런 곳에서는, 그 누구도 전투의 울부짖는 소리를 듣지 못한다. 아주 평화롭다. 아주 평화롭다. 그러나 그는 다시 투창을 치켜든다." 아주 평화로운 시대에 투창을 들어 올리는 전사가 이 시대 작가의 면모이기를, 박인의 소설쓰기이기를 귀신을 빌어 주문呪文에 부친다.

귀신을 보았다

1

열두 살이나 먹은 나는 밤이 두려웠다. 거대한 괴물처럼 다가오는 어둠이 무서웠다. 밤 열두시 괘종시계가 울리면 온 몸이 피투성이가 된 그 사내가 왔다. 창문을 열고 들어와서 눈을 하얗게 뒤집으며 자신은 억울하게 죽었다고 내 목을 졸랐다. 자신의 죽음을 하소연 할 데가 없어서 어린 나를 죽이려 들다니. 정말 가혹했다. 식은땀이 흘렀다. 공포에 질려 안방으로 건너가서 엄마 옆에 누워도 귀신은 어김없이 나타났다. 가위에 눌리는 거라며 엄마는 나를 달랬지만 그것은 새빨간 거짓말이었다. 다음 날 밤, 사내는 새벽 한 시를 알리는 시계 소리가 들릴 때까지 내 귀에 무슨 소리를 중얼거렸다. 나는 눈을 뜰 수가 없었다. 눈을 뜨면 그는 내 목을 졸랐다. 밤이면

밤마다 피 묻은 아저씨에게 시달리고 나면 나는 오줌을 지리
곤 했다. 지독한 밤이었다.

일부러 잠이 깨어 있는 날은 그가 오질 않았다. 사내는 유
리창 밖에서 어른거리다 가버렸다. 그러면 반 고흐의 별이 빛
나는 밤처럼 은하수가 흐르는 꿈을 꾸었다. 그가 온 후로 나
는 목을 매고 죽은 아랫집 누나가 편지에 남겼듯이 방바닥에
아파서 누워있는 날이 많았다. 나는 누나의 하얀 발밑에 놓인
유서를 훔쳐 읽은 벌을 받는 거라 생각했다.

그날 내가 거적때기를 들추고 본 것은 기차에 목과 다리가
잘린 사람이었다. 눈을 까뒤집고 죽은 사람의 머리가 몸통 옆
에 피범벅이 되어 구르고 있었다. 몸통은 엎어져 있고 두 손
은 전깃줄에 묶여있었다. 팅팅 부은 얼굴 옆과 가랑이 사이에
잘린 발목들이 기역 니은 모양으로 버려져 있었다. 나는 목이
잘린 얼굴을 자세히 보았다. 부어오른 얼굴이 어딘가 모르게
낯이 익었다. 어디서 보았을까. 누구더라, 잠깐 기억을 떠올
리는 사이에도 피비린내가 났다. 가마니를 들춰보라고 내 옆
구리를 찌른 계집애는 갑자기 길가 판잣집 유리창이 흔들리
도록 울었다. 얼마나 크게 울었는지 기찻길 옆 시체 근처에서
어슬렁거리던 산동네 개들과 새들이 놀라서 달아났다.

"너 귀신 본 적 있니? 난 매일 본다." 계집애는 작두를 타는
할아버지 귀신과 대화를 나눈다고 했다. 계집애 말은 거짓부

렁일 것이다.

"정말 네가 감히 무서워서 할 수 있겠어?" 예쁘지는 않지만 딱히 밉지도 않은 얼굴이었다. 게다가 애교를 너무 부려 속이 뒤집힐 것 같았다. 어린 게 처녀처럼 너무 헤프게 웃는 것도 마음에 들지 않았다. 배가 고팠던 나는 그 아이가 가끔 굿이 끝나고 가져오는 떡이랑 사탕을 기다릴 따름이었다.

한 살 아래인 무당집 계집애가 꼬드기는 바람에 코흘리개 몇을 밀치고 내가 나섰다. 무연고자 시체 썩는 냄새가 일주일 넘게 기찻길 주변 언덕을 타고 산동네로 번졌다. 집집마다 문을 걸어 잠그고 출입을 하지 않았다. 계집애는 시체를 보고나서 헛소리를 하며 울었다. 순경이 아이들을 쫓아낼 때까지 계집애는 혼이 빠진 사람처럼 하늘을 보았다. 보기 전에 말렸어야지 이미 볼 장 다 보았거든, 나는 점심 식사로 먹은 빵조각을 다 토해냈다.

기찻길에서 남자 시체를 본 날 밤부터 내게 사내귀신이 왔다. 죽은 사내가 귀신이 되었는지는 몰라도 우선 나는 쥐부터 잡을 걱정을 했다. 내일 당장 쥐꼬리 두 개씩을 학교에 가져가야 했다. 아직도 귀청이 얼얼했다. 계집애의 돌고래 울음이 귀를 때리고 있었다. 하품을 하고나자 쥐새끼 울음소리가 들렸다. 나는 어제 마룻바닥 밑에 설치한 쥐덫이 생각났다. 영리한 쥐는 쥐약을 먹지 않았다. 부엌 바닥에서 계란을 굴려서

천장까지 옮겼다. 커다란 시궁쥐가 쥐덫에 걸려있었다. 쥐를 잡은 후 반공표어를 지어야했다. 반공포스터 숙제를 제때 내지 못한 날 담임선생님의 화 난 얼굴이 떠올랐다. 화가 나면 선생님은 엷은 염화시중 미소를 지으며 체벌을 가했다. 손바닥을 맞으면서 본 선생님 얼굴은 화가 난 게 아니라 기분이 너무 좋아서 그걸 참아내느라 입 꼬리가 말려 올라간 것처럼 보였다. 나는 돈 봉투나 밝히는 담임이 싫었다. 회초리가 부러지고 출석부마저 뒤틀리도록 여자애들을 때렸다. 남자 아이들에게는 둘씩 마주보고 서로 뺨을 때리는 시합을 시켰다. 정말로 세게 때리지 않으면 다른 조 아이들과 붙었고, 최후의 일인이 될 때까지 더 맞아야 했다. 나는 부러 뺨을 때리는 아이 쪽으로 머리를 돌려 더 세게 맞고 늘 멋있게 널브러졌다. 몽둥이가 약인 시절이었다. 머리에는 피딱지가 마를 날이 없었다. 나는 쥐덫에 잡힌 쥐를 세숫대야에 담가서 죽일 계획이었다. 그러나 내일 아침까지 헤엄을 쳐서 살아남을 수도 있기에 그냥 마루 밑에서 굶어 죽게 내버려 두었다. 저녁을 안 먹은 나는 초저녁에 곯아 떨어졌다. 엄마가 깨워서 문간방으로 갔다. 오한이 들고 몸이 사시나무처럼 떨리고 열이 났다.

무서운 밤은 다시 나를 찾아왔다. 밤 열두시가 되자 심장이 쿵쾅거리고 금방이라도 멎을 것 같았다. 얼음처럼 차가운 바람이 불어오더니 피범벅이 된 사내가 내 목을 졸랐다. 창이 형이다! 나는 비명을 질렀다. 형 잘못했어, 살려줘. 살려달라는 목소리는 나오지 않고 기를 쓰다 나는 기절했다. 기절하는 순간, 무당집 딸년이 스쳐지나갔다. 내일 만나 죽도록 패주리라. 나는 주먹을 쥐고 파르르 떨었다.

아침에 엄마는 내게 쥐꼬리가 담긴 봉투를 주었다. 머리가 으스러진 쥐는 연탄재통 아래 죽어있었다. 새마을 노래가 흘러나오는 동사무소 앞을 지나 학교로 가는 기찻길 옆길에서 나는 무당집 계집애를 기다렸다. 사내 시체는 온데 간 데가 없었다. 계집애는 보이지 않았다. 교실에서 계집애는 나타나지 않았다. 집에 오니 무당집 딸년이 매우 위독하다고 엄마가 말하는 소리를 들었다. 사체가 치워진 날부터 사내귀신은 자주 오지 않았다. 이틀이 지나도 계집애는 학교에 나오지 않았다. 진달래가 지천으로 핀 저녁 무렵, 산동네 무당집에서 굿하는 소리가 들렸다. 나는 한달음에 무당집으로 올라갔다. 문앞에는 계집애 운동화, 색동과자와 고수레한 젯밥이 놓여있었다. 어둠이 몰려오고 있었다. 어둠은 거대한 공포였다. 원통하게 죽은 귀신이 계집애를 데려간 게 분명하다고 나는 생각했다. 그 어둠은 야수처럼 산동네를 집어삼킬 기세로 다가오고 있었다.

2

어제 아랫집 정옥이 누나가 죽었다. 마지막으로 만지고 싶은 라넌큘러스 꽃 한 송이가 떨어졌다. 불과 이틀 전에도 내 숙제를 도와주며 생글생글 웃던 누나가 목을 매고 죽었다. 누나가 나를 놀리려고 머리를 풀고 벽에 기대어 서 있는 줄 알았다. 누나 방에 들어서는 순간, 벽에 목이 걸린 누나의 하얀 다리에 햇살이 달라붙어 있었다. 누나 발아래 떨어진 유서를 집어 읽었다. 주로 술주정뱅이 새아버지와 어떤 남자를 원망하는 내용이었다. 유서를 주머니에 넣고 나는 누군가 달려올 때까지 악을 쓰며 울기 시작했다. 고등학교를 졸업하고 봉제 공장 일자리를 알아보던 누나는 내게 수학을 가르쳐 주었다. E여대에 합격했지만 돈이 없어 등록을 포기한 누나였다. 누나가 곁에 오면 다이얼 비누 냄새 때문에 코가 간지러웠다. 노란 원피스를 입고 라일락이 만개한 산동네 언덕길을 내려오는 누나. 한 겨울 내 튼 손에 바셀린을 발라주던 착한 누나. 왜 죽었을까. 누가 죽게 만들었을까.

　나는 공사장에서 주워온 긴 대못 세 개를 들고 철길로 내려갔다. 어젯밤 얻어맞은 갈비뼈가 욱신거렸다. 길게 두 줄로 뻗은 철로에는 기차가 떠나며 남긴 기름 똥 흔적과 파쇄석이 깔려 있었다. 사람이 만든 육상 교통수단 중에서 디젤기관차가 제일 멋있었다. 연기를 내뿜으며 거칠게 다가오는 기차는 거대한 짐승 같았다. 넙죽 엎드렸던 기차가 움직이며 뿜는 연기에는 경유냄새가 섞여있었다. 산비탈에서 굴속으로 들어가

며 뿜는 기차 연기를 폐부 깊숙이 들이 마시면 약간의 환각증
세가 생겼다. 기찻길 옆 오막살이 아이들은 자욱한 연기에 반
쯤 취해 앞이 안 보이는 비탈진 골목길을 뛰어다녔다. 철도
역무원 눈을 피해 빠른 속도로 레일 위에 대못을 세로 방향으
로 놓고 철로 옆 수풀로 도망쳐야 했다. 쇠못 머리는 이미 둥
근 자갈로 두드려서 납작하게 만들었다. 레일 위에 침을 뱉고
못 몸체를 문질러 붙이고 나는 풀숲으로 기어들어갔다. 대출
이놈 때문이었을까. 제대 후 연기학원에 다니며 가끔 영화에
엑스트라로 출연했던 대출이는 고등학교 시절부터 싸움을 잘
했다. 늘 동네 건달들과 무리지어 다녔다. 불량기가 가득 찬
얼굴로 다리를 건들거리며 어깨에 힘을 주고 걷는 그는 동네
청소년들의 우상이었다. 그는 교회에서 야학을 하는 창이 형
을 미워했다. 정옥이 누나가 창이 형을 좋아하기 때문이었다.
　기차바퀴가 끈임 없이 지나갔고 쇠못은 칼날이 되었다. 역
무원 호루라기 소리가 가까워지자 나는 가시덤불 철조망을
넘어 언덕길을 뛰어올랐다.

　나보다 일곱 살이나 더 먹은 누나는 공부가 끝나면 내게 간
혹 창이 형에게 보내는 편지심부름을 시켰다. 도중에 편지를
읽어보았는데 차마 눈뜨고 읽지 못할 내용이었다. 누나가 창
이 형에게 그런 유치한 연애편지를 쓰는 것이 나는 정말 못마
땅했다. 그날 나는 배달사고를 일으켰다. 누나가 부탁한, 창

이 형에게 전해달라는 편지를 전하러 야학에 가는 길이었다. 누나의 편지를 읽으며 교회 쪽으로 걸어가고 있는데 방심한 틈에 편지를 빼앗겼다. 나쁜 깡패 대출이 형이 내 목을 조르며 편지를 낚아챈 것이다. 대출은 다리를 건들대며 분홍색 편지를 읽었다. 주위에 있던 깡패들이 뺏어서 읽고 모두 낄낄거렸다. 순간, 누나 대신 수모를 당한 느낌이 들었다. 내 딴에는 건들거리는 대출이놈 다리를 힘껏 내질렀다. 대출이놈은 내 머리를 쓰다듬는 척 쥐어박았다.

"창이 그 새끼. 아마 집에 없을 거야. 이 편지 내가 직접 전해 줄 테니까. 그리고 너 매일 정옥이 모르게 편질 읽었지? 어린놈이 까져가지고."

수치심에 얼굴이 벌게진 나는 머리를 가로 저으며 대출이놈을 노려보았다. 놈이 내 가슴을 밀쳤다. 바닥에 나뒹군 나는 새끼손가락을 삐었다.

"이 새끼 꼴통이네. 나중에 이 형님 밑으로 들어와라. 왕초 시켜줄게. 내 심부름 한 번 해주라. 그럼 모른 척 해 줄 테니."

대출이는 그 자리에서 쓴 쪽지 글을 접어서 내게 주었다. 나는 그 쪽지 글도 읽어보았다. 이건 순 사기꾼이었다. 쪽지 내용은 창이 형이 쓴 것을 그대로 베낀 것이었다. 누나가 창이 형 행세를 한 대출이를 만날 장소는 뒷산 '복 준 물' 샘터였다. 나는 학교를 땡땡이치고 누나를 멀리서 기다렸다 뒤를 밟았다. 대출이는 샘터에서 기다리고 있었다. 그는 다짜고짜

누나를 산으로 끌고 갔다. 대출에게 짓눌린 정옥이 누나를 본
것은 그늘진 계곡에서였다. 치마가 들쳐진 채 누나는 먹이가
된 새처럼 버둥거리고 있었다. 대출은 몸부림치는 누나의 하
얀 팔다리와 엉덩이를 짓누르며 덮쳤다. 분노가 솟구쳤지만
나로서는 지켜볼 수밖에 없었다. 나는 누나의 비명을 외면한
채 산을 내려왔다. 이제부터 누나를 다시는 볼 수 없을 거였
다. 산에서 내려온 오후 내내, 나는 죄책감에 젖어 하염없이
울었다.

　누나 의붓아버지는 창이 형을 싫어했다. 데모나 하는 빨갱
이라고 만나지 못하게 했다. 창이 형은 정말 올바른 사람이었
다. 내 눈에 그는 나쁜 사람들을 혼내줄 슈퍼맨처럼 보였다.
내 고민도 들어주고 용기를 주는 유일한 동네 형이었다. 개천
에서 용이 난다고 산동네에서 S대학에 들어간 천재였다. 그
날 밤, 나는 처음으로 눈을 뜨고 사내 귀신의 얼굴을 자세히
보았다. 놀랍게도 창이 형을 빼닮았다. 밤마다 내 목을 조르
던 귀신이 이번에는 가만히 있었다. 그는 내 목을 조르지 않
고 어둠 속에 서 있다 사라졌다.

　대못으로 만든 칼을 신문지에 싸서 책상서랍에 숨겨두었
다. 아직 날이 서지 않아 오이조차 자를 수 없었다. 유서에는
누나를 매몰차게 차버린 나쁜 형 대출을 원망하는 글도 적혀
있었다. 정말 용서 못할 나쁜 놈이라고 누나는 대출이놈을 저
주했다. 누나의 의붓아버지는 시도 때도 없이 누나의 엄마를

때리고 괴롭혔다. 여고에 다닐 때 공부를 잘 해서 서울대학에
갈 수 있었지만 새아버지 반대로 진학하지 못했노라고. 정옥
이 누나는 내게 말했다. 장학금을 받고 진학할 뻔했던 여자
대학교를 못 다니게 된 것도 따지고 보면 의붓아버지 때문이
었다. 겨우 마련한 입학금을 그 작자는 술집에 뿌렸다. 눈두
덩이 시퍼렇게 부은 누나를 보고 나는 주먹을 쥐고 부르르 떨
었다. 주정뱅이에게 맞는다는 것이 얼마나 공포인지 잘 아는
나는 분노에 치를 떨었다.

　하루라도 빨리 어른이 돼서 혼을 내주고 싶은 나쁜 놈이 한
명 더 있다. 나보다 열 살 많은 형이다.
　텔레비전 연속극을 보고 웃으면서 밥을 먹고 있는데 형이
일찍 돌아왔다. 연속극에 남녀가 나와 안고 있는 장면이 나왔
다. 내 얼굴에서 웃음기가 금방 사라졌다. 나는 모래알을 씹
는 표정으로 입 안 가득 밥을 물고 있었다.
　"애새끼가 뭘 안다고 연속극을 보고 웃고 있냐."
　형은 우선 내 뺨을 후려갈겼다. 밥알이 사방으로 튀고 눈물
이 흘렀지만 나는 참았다. 무릎을 꿇고 다음 날아올 주먹을
기다렸다. 돌아가신 아버지가 그리웠다. 아버지만 살아있었
다면 형을 때려눕혔으리라.
　열여섯 살에 졸지에 일곱 식구의 가장이 된 형은 폭군이었
다. 형이 술이 취해 집으로 오기 전에 나는 서둘러 숙제를 하

고 방에 불을 꺼야했다. 형은 인정사정없이 내 옆구리와 다리를 걷어찼다. 나무빗자루를 들고 형이 문 앞을 가로막는 날이면 나는 죽은 목숨이었다. 자정 무렵 쿵쿵거리는 발소리가 집으로 다가오고 현관 문짝이 떨어져 나가는 발길질소리가 들렸다. 동생들과 나는 컴컴한 이불속에 숨어 귀를 열고 식은땀을 흘려야했다. 간혹 술을 먹지 않고 들어오는 날, 우리는 형의 눈치를 살피며 되도록 눈에 안 띄도록 조심해야했다. 엄마는 아버지가 없는 아이들이라서 더 엄격하게 자라야한다고 형의 폭력을 묵인했다.

밤은 이슥해지고 폭군인 그는 아직 오지 않았다. 나는 발로 걷어 채여 숨을 쉴 때마다 욱신대는 왼쪽 갈비뼈를 한손으로 문지르고 일어섰다. 정옥이 누나에게 가야할 시간이었다. 유서도 돌려주고 얼굴이라도 한번 보고 싶었다. 서랍을 열고 칼세 개를 꺼내 주머니에 넣었다. 그믐달 아래 별빛은 흐르고 봄바람이 불었다. 아랫집 계단으로 천천히 내려갔다. 새파랗게 젊은 여자가 죽은 집은 불빛도 없었다. 아랫집 대문에 조등이 걸려있었다. 다시 컴컴한 골목을 더듬다시피 내려가다나는 무언가에 걸려 넘어졌다. 검은 옻칠을 한 관이 길을 반쯤 가로 막고 벽에 기대어 있었다. 나는 관을 넘어가지 않으려고 일어섰다. 관을 뛰어 넘으면 그 혼령에게 붙들려간다고들었기 때문이다. 머리털이 곤두서고 다리가 후들거렸다.

그때였다. 화장실 옆방 창문에서 누군가 나를 보고 있었다. 미동도 없이 희미한 푸른 불빛 아래 정옥이 누나 얼굴이 있었다. 그녀는 노란 얼굴로 나를 쳐다보고 있었다. 원망이 그득 찬 눈빛이었다. 검은 입술이 떨렸다. 누나가 죽은 지 하루가 지났다. 누나를 보자 나는 이상하게 마음이 차분해졌다.

이렇게 가기에는 너무 억울해요.

그녀는 말이 없었다. 나는 그녀의 눈을 피하지 않고 사람이 없는 상갓집 안으로 걸어 들어갔다. 그리고 품 안에서 대못으로 만든 칼 세 개를 꺼냈다. 수돗가로 가서 물통 안에 펼쳐놓았다. 그중 제일 날이 선 못 한 개를 시멘트 바닥에 갈아대기 시작했다. 이에는 이 눈에는 눈, 학교에서 배운 함무라비 법전 경구를 생각하며 세게 그리고 빠르게 문질렀다. 내 마음은 그러지 말라고 했지만 나는 숨은 해와 지는 달에게 물었다. 대답은 한결 같다. 이에는 이 눈에는 눈. 누나와 아이들을 때리고 괴롭히는 마귀들에게 이에는 이 눈에는 눈.

인간이 잠들고 귀신이 깨어나는 시간이었다.

3

초등학교 일학년, 일곱 살 내 여동생 선아 발에는 영혼이 산다.

새벽 한 시경. 분명 나는 꿈을 꾸고 있는 것인가. 꿈속인지 생시인지, 살았는지 죽었는지 나는 묘한 경계에 있다. 꿈속에서 현실처럼 나는 도망친다. 아직도 철길에 머리 잘린 남자가 나를 쫓아오고 있다. 숨이 턱에 차고 헛구역질이 나오도록 달음박질친다. 막다른 골목길에 막혀서 주저앉는다.

몽유에 걸린 동생의 발은 어두운 비탈길을 헤맨다. 꿈에 사로잡혀서 산동네를 거닐다가 돌아온다. 기찻길 옆 도랑에서 웅크리고 잠든 선아를 찾아서 데려온 적도 있다. 꿈에서 덜 깬 초점 흐린 눈길로 나를 바라본다. 발에는 흙이 묻어 있다. 무서운 꿈 얘기는 그렇게 시작된다.

'넌 내가 죽을 때 뭘 했니?'

이번에는 죽은 정옥이 누나가 머리를 풀고 서 있다. 누나에게 다가가서 말을 건다. 살기 어린 눈빛으로 나를 쏘아본다. 나는 있는 힘을 다해 누나에게서 도망친다. 고아원에 사는 친구 경미를 부르며 밤안개 속을 걸어가는 동생을 본다. 누군가 작은 목소리로 선아를 부른다. 선아는 안개 속으로 사라진다. 산길에서 동생을 찾아 헤매다 낭떠러지로 굴러 떨어진다. 눈을 뜬다. 머리에서 흘러내린 땀방울이 베개를 적신다. 식은땀이 목과 어깨를 타고 흐른다. 어쩌면 사는 게 지독한 꿈이고, 그 꿈이 현실이 아닌가.

용한이는 오늘도 학교에 오지 않았다. 벌써 일주일이 넘게 코빼기도 비치지 않았다. 용한이에게 무슨 일이 생긴 것은 아닐까. 걱정이 돼서 고아원 정문 앞을 몇 번이나 기웃거렸다.

평소 반겨주던 수위아저씨가 인상을 쓰고 쫓아내는 바람에 물어보지도 못했다. 고아원 규율반장에게 맞아서 병원에 입원한 걸까. 아니면 생활지도선생에게 걸려 체벌을 받은 걸까. 용한이에게도 여동생이 있다. 내 여동생 선아와 제일 친한 경미다.

6학년 1반 단짝 친구 용한이는 여섯 살 때 갓난아기 동생과 함께 고아원에 왔다. 높은 담벼락에 철조망이 둘러친 고아원은, 용한이 말에 의하면, 포로수용소나 다름이 없었다. 고아원 설립자와 원장은 파란 눈을 가진 미국인 부부였다. 겉보기에 그들은 가난한 사람들을 도우러 온 선교사였다. 언덕에 자리한 양옥에 사는 그들은 군대 막사처럼 줄지어 지어진 고아원 막사를 내려다보고 있다. 아침점호 후 구보를 시키고 성경 구절을 암송해야 버터 바른 빵에다 오트밀 죽 한 공기와 운이 좋으면 사과 한 개를 먹을 수 있다. 산동네에 도둑이 들면 사람들은 고아원 아이들 짓이라고 항의를 했다. 그때마다 엄격한 규율이 더욱 조여지고 애먼 담장에 철조망이 겹으로 쳐졌다. 나는 학교에서 용환이와 짝이었다. 용환이는 농구를 좋아했다. 늘 나이키 농구화를 신고 다녔다. 내 동생 선아는 용환이 친동생 경미와 한 반에서 정이 들었다. 유복자로 태어나 아버지 얼굴도 모르는 선아와 부모가 누구인지 전혀 기억에 없는 경미는 서로 붙어 다녔다. 용환이는 미국인 원장 부부를 미워했다. 그들은 아이들을 미국으로 입양을 보냈다. 얼마 전

여동생 경미가 미국인 양부모에게 선택을 받았다.

더 큰 문제는 고아원 출신 규율반장과 생활지도선생들이었다. 생활지도선생들과 반장은 '정신일도 하사불성'이라고 적힌 몽둥이로 만만한 아이들을 팼다. 용환이도 참나무를 끌어안고 묶여서 엉덩이와 허벅지를 맞았다. 물론 싸움 잘하는 고등학생 형들은 못 때렸다. 용한이는 내게 상처를 보여준다. 시퍼렇게 피멍이 든 구렁이가 몸을 감고 있다.

"지도교사 새끼들을 죽여버릴꺼야. 그 개새끼들이 어린 동생들을 건드리거든."

"용환아, 우리 같이 도망칠까?"

"그러면 숙소 안에서 매일 밤마다 죽도록 맞아. 밖에 알리거나 도망치다 잡혀가서 독방에 갇히고 굶으면서 맞아죽어. 끌려가서 돌아오지 않는 형들이 모두 미국에 입양 갔다고 말하지만 우린 알아. 모두 맞아죽었을걸."

미국인 원장 부부에게는 머리가 모자란 금발머리 중학생 딸이 있었다. 일 년 전 노랑머리가 성추행을 당했다. 보육교사들이 언덕 위 사택에 불려갔다. 그날 이후 원생들은 수용소 생활을 해야 했다. 아이들은 짐승 취급을 받았다. 원생들을 미국에 팔아넘기는 원장부부는 몇 년 전에도 당국의 조사를 받았지만 무혐의로 풀려났다. 오히려 국무총리 표창을 받았다. 고아원 아이들은 더 굶주렸다. 용한이도 해골만 남은 얼굴에 두 눈만 반짝거렸다. 용한이는 내가 집에서 몰래 가져다

준 누룽지를 먹다 말고 경미 주려고 주머니에 넣었다.

차가운 봄바람이 느껴진다. 오한이 들자 저절로 눈이 떠진다. 어린 아이 등이 보인다. 동생 선아가 일어나 앉아있다. 미동이 없다. 선아를 깨우려고 마른 잔등에 손을 대자 멀어진다. 동생은 일어나 방문을 열고 나간다.

"선아, 어두컴컴한데 어딜 가니?"

동생이 말없이 눈을 크게 뜨고 돌아본다. 눈빛이 없다. 선아는 대문을 열고 맨발로 고아원 가는 길 언덕을 오른다. 그믐달빛 아래 나는 소리 없이 동생 뒤를 밟는다. 산동네 마을이 생기기 전부터 고아원 땅은 원래 공동묘지였다. 선아는 고아원 철조망 앞에 멈춰 선다. 고아원에는 아이들이 몰래 드나드는 개구멍이 몇 개 있었다. 연탄재와 쓰레기 더미에 낮아진 고아원 담벼락에 동생이 올라선다. 나는 안다. 내 동생은 곧 미국에 입양을 가는 친구 경미가 보고 싶은 것이다.

웅성거리는 목소리가 들린다. 나도 담벼락에 올라선다. 담장 아래 공동묘지 터에 사람의 형체들이 모여 있다. 아카시아 나무숲이 바람에 떨고 있다. 어둠 속 희미한 형체들이 고아원을 향해 내려가고 있다. 어느 날부터인가 학교에 나오지 않던 사라진 아이들이 거기 있었다. 맞아죽었다던 고아원 아이들. 목이 잘려 죽은 남자. 아랫집 누나. 무당집 아이. 죽은 귀신들이 고아원 막사로 이어지는 비탈길로 내려가고 있다. 귀신이

나 유령은 뭔가 억울하거나 원한이 있을 때 나타난다고 했던
가. 미국인 관사에는 불이 꺼져 있다. 나는 꿈꾸는 선아를 데
리고 개구멍을 통해 담장 철조망 아래로 내려섰다. 동생을 깨
워 울리기라도 하면 온갖 유령들이 뒤를 돌아다 볼 것이다.
화가 난 귀신들은 안중에도 없는 모양이다. 여자애들이 모여
사는 A동 막사 옆에 지도교사들과 규율반장이 지내는 숙소가
있다. 숙소에는 붉은 전등불이 희미하다. 귀신들린 내 발은
선아의 꿈꾸는 발 옆에 붙어있다. 하얀 연기처럼 뭉클거리는
형체들이 일제히 숙소 창문에 달라붙는다. 창문을 통해 방안
을 보니 한 사람이 누워있다. 하얀 이불 홑청을 뒤집어쓰고
있다.

　아, 그 축 처진 발아래 놓여있는 낯익은 농구화 한 켤레. 나
는 동생 선아를 업고 숲길을 뛰어오른다. 등 뒤에서 유령들의
웃음소리인지 부르는 소리인지 아니면 바람소리인지가 계속
따라온다. 집에 와서 선아의 발을 닦아주고 자리에 눕힌다.
자리에 엎드리자 참았던 눈물이 흐른다. 가슴 밑바닥에서 솟
아나는 눈물이 내 두 주먹 위에 떨어진다.

4

　창이 형이 코빼기도 보이지 않았다. 엄마가 시골로 보따리
장사를 가서 나는 저녁을 먹지 못했다. 창이 형을 찾아 나섰
다. 비가 그치고 바람이 불었다. 창이 형은 집에 없었다. 벌써

일주일이 넘도록 집에 들어오지 않았다. 창이 형을 부르며 교회 청년회와 야학당을 들렀다. 데모하다 경찰서로 잡혀갔는지 모를 일이었다.

동네를 돌아다니는데 구멍가게 주인아저씨가 쌀집 아저씨와 말다툼을 하고 있다. 둘은 만나면 싸웠다.

"그게 창이라고 하던데."

"그것이 정말이야? 기찻길에 죽은 시체가 창이라고? 손발을 묶어서 쥐도 새도 모르게 죽이다니."

"달포나 집에 안 들어와서 걔 엄마가 실종신고 하려던 참에 죽어서 돌아오다니."

"그놈이 총학생회장에다가 데모주동자 아닙니까? 에이 골수 빨갱이들."

"이 사람 할 소리 못할 소리가 있지."

"수배자 명단에 올라있었다 안합니까."

"데모하는 학생들이 진짜 애국자여."

창이 형이 죽었다. 아무리 데모를 한다 해도 정말 자상하고 착한 형이었는데. 철로에 손발이 묶여 죽은 사람이 창이 형이라니, 아무리 생각해도 믿을 수가 없다. 누가 죽였을까? 정옥이 누나를 울린 나쁜 형 대출이가 창이형의 죽음과 관련이 없을까? 창이 형이 누나 원수를 갚으려다가 깡패들에게 맞아죽었을 수도 있다.

　나는 철로에 펴서 만든 쇠못 칼 세 개를 바지 주머니에 넣고 길을 나선다. 우선 친구 용환이를 찾으려고 고아원으로 향한다. 꿈과 현실은 경계가 불분명하다. 어디까지가 꿈이고 어디서부터 현실인지 알 수 없는 몽롱한 저녁이다. 아카시아 나무를 타고 올라가서 고아원 담장 철조망을 넘어 뛰어내린다. 급경사 언덕길을 내려가면서 주위를 살핀다. 사방이 조용하다. 아이들의 웃음소리와 싸우는 소리가 사라졌다. 냄새나는 화장실 뒤로 숨는다. 화장실 문짝이 부서지거나 떨어져나갔다. 기숙사동에 가도 아이들이 없다. 나는 언덕 위 미국인이 사는 사택으로 올라갔다. 텅 비어있다. 사납게 짖으며 달려들던 셰퍼드도 없다. 죄수처럼 끌려가는 아이들의 모습이 떠오른다. 나는 자갈 하나를 집어 들고 사택 창문으로 던졌다. 창문 깨지는 소리가 언덕에 울려 퍼진다. 뛰어서 정문으로 갔다. 고아원 이전 안내와 폐쇄를 알리는 안내문이 붙어있다. 고아원은 천안 어딘가로 이사를 갔다. 그러고 보니 요 며칠 사이 고아원 아이들이 학교에 나타나지 않았다. 자물쇠가 잠겨있는 쇠창살 철문을 타고 넘어 산동네로 올라간다. 숨이 턱에 찬다. 산꼭대기에 있는 대출이네 집에 들러서 집안을 기웃거린다. 대출이놈은 아현동 로터리 당구장에 죽치고 있을 것이다.

　언덕을 넘어 당구장 가는 길에 창이형네로 올라가는 골목으로 접어든다. 전등 한 개가 달랑 걸린 기다란 골목길은 좁고 어둡다. 검은 양복을 입은 건장한 사내 둘이 어두운 골목 끝에 서있다. 나를 노려본다. 순간 저승사자를 만난 것처럼 무서워서 오줌을 지릴 뻔 했다. 주춤거리며 사내들 사이로 빠져나간다. 골목 안쪽 끝 창이형네는 문이 잠겨있다. 평소처럼 벨을 눌렀는데 아무 응답이 없다. 흐린 전구불빛 아래 노려보는 사내들의 눈길이 매서워 뒷골이 써늘하다. 골목 입구에 서성거리던 사내 하나가 다가와서 내 팔을 잡는다. 너무 꽉 잡아서 팔이 아프다. 저승사자가 묻는다.

"너 창이 찾아왔지? 창이랑 어떤 관계이고 여기 왜 왔어?"

"제가 좋아하는 형인데요. 공부도 잘 가르쳐줘요."

"창이 친구 놈들 심부름 왔지?"

저승사자가 눈을 부라린다. 나는 도리질을 한다.

"다음에 창이 친구들 보면 113에 신고해라. 알았지? 간첩신고!"

나는 고개를 끄덕인다. 산 사람이 죽은 귀신보다 더 무섭다. 무서운 저승사자로부터 멀리 도망친다. 주머니에서 쇠못들이 부딪히는 소리가 난다. 배가 고프다.

5

저승사자에게서 풀려난 나는 대출이를 찾아 굴레방 다리 밑을 지나 아현동 시장으로 간다. 옆구리에 칼침을 줄 것이다. 정옥이 누나의 복수를 해야 한다. 쇠못 칼을 들이대며 창이 형이 어디에 있는지, 왜 형을 밀고했는지 물어볼 것이다. 아직도 대출이 그 놈 때문에 삔 손가락이 아프다. 성결교회 앞을 지나면서 생각이 바뀐다. 내가 정말 칼침을 줄 수 있을까? 대못을 꺼내들면 내 손목을 비틀어 놓을 텐데. 은근히 걱정이 앞선다. 내가 사람을 죽이면 엄마는 슬퍼하겠지. 선아는 누가 학교에 데려가고 돌봐주지? 발길을 돌리고 싶다. 식당을 지나치는데 뱃속에서 꼬르륵 소리가 난다.

유복자인 선아는 어릴 적에는 아버지가 보고 싶다고 칭얼거렸다. 돈 벌러 떠난 아버지가 곧 돌아온다고 달랬다. 죽은 사람도 꿈을 꾸면 보이는데. 엄마 젖을 충분히 먹지 못한 동생은 늘 손가락을 빤다. 나도 여섯 살까지 밥을 씹어 먹지 않고 빨아먹었다. 엄마는 늦둥이 선아를 밴 산달에 아버지를 잃었다. 49제 전에 출산을 했는데 미숙아였다. 만 두 살이 되어서야 영양실조로 인형처럼 작은 아이는 책상을 잡고 일어섰다. 나는 너무 기뻐 엄마를 불렀다. 내가 잡혀가면 누가 동생을 돌봐줄 수 있을까. 막걸리를 파는 술집에 사람이 한명도 없다.

반쯤 죽여라. 우리는 일렬로 서서 큰형의 성난 꾸지람을 들었다. 다리 하나를 아주 부러뜨려버려라. 큰형 등 뒤에는 엄마가 서 있었다. 엄마는 큰형에게 엄격한 가장이 되기를 바랐다. 열여섯 어린 나이에 한 집안과 다섯 동생들을 떠맡은 큰

형은 일찍 술꾼이 되었다. 일요일이면 나는 주전자를 들고 가 겟집에 막걸리를 받으러 갔다. 주전자 부리에 입을 대고 밀 막걸리를 조금씩 빨아먹으면 몸에서 힘이 났다. 기분이 좋았 다. 배는 고프고 다리는 후들거린다. 나는 평소 아귀처럼 밥 을 먹었다. 엄마가 시골로 옷을 팔러 가면 배가 고팠다. 먹을 것이 없을 때 나는 기차굴다리 옆 밀주를 담가 파는 집에서 술지게미를 얻어다 먹었다.

"철길에서 죽은 사람이 윗동네 대학생이라지. 교회 뒷방에 서 야학을 가르쳤던. 열흘 만에 억울하게 죽어서 돌아오다 니."

엊그제 보따리를 꾸리며 엄마가 말했다. 엄마 말대로 형이 서울대학물을 먹더니 보이는 게 없었나보다. 누구든 그러다 쥐도 새도 모르게 끌려가서 맞아 죽기 딱 좋지 하며 엄마는 혀를 찼다. 창이 형은 억울하게 죽었다.

불현듯 나는 바지주머니 속에 손을 넣는다. 아까부터 주머 니에서 쇠못이 부딪히는 소리가 나지 않았다. 구멍이 난 호주 머니에는 쇠못 한 개만 남아있다. 정옥이 누나를 죽게 만든 대출이놈에게 칼침을 줄 것이다. 나는 마지막으로 남은 쇠못 을 손에 들고 교차로로 걸어간다. 은행 골목으로 접어들자 총 을 든 군인들이 서 있다. 창이형네 집 앞에서 본 저승사자들 도 서 있다. 당구장 건너 파출소 앞으로 트럭이 들어온다. 눈에 구름이 낀 것처럼 앞이 보이지 않는다. 군용트럭 헤드라이트 불빛 때문이다. 사람들이 포승줄에 묶여 줄줄이 차에 실리고 있다. 자기는 억울하다고 항변하는 남자가 몽둥이로 얻어맞는다. 대출이놈처럼 생긴 남자가 언뜻 보인다. 구경꾼들 사이에 있던 나는 대출이놈을 찾으려고 앞으로 나간다. 너도 따라 갈래? 내 귀를 잡은 경찰관이 말한다. 꿈인지 생시인지 호루라기 부는 소리가 들린다. 사람들이 흩어져 달아나기 시작한다. 쇠못 칼을 손에 쥔 채 악을 쓰며 나는 대출이놈을 노리고 달려든다. 군화에 걸려 넘어진 후 내 기억은 멈춰버린다.

6
분명 꿈속이었다.

동생 선이와 나는 대화를 나누고 있다.
오빠 귀신이 있어?
없어. 귀신은 보이질 않아.
거짓말. 미국에 간 경미가 말했어. 자기 오빠는 귀신에게 맞아죽었대.
그럼 창이 형도 귀신이 죽였을까? 나쁜 귀신이 보이면 다른 방법이 없어. 우리는 그냥 기도하는거야.
누구한테?
이 세상에서 가장 힘이 센 하나님과 부처님께……

하나님이 우리 기도를 들어주실까?

안 들어주실걸.

왜?

그러면 온갖 나쁜 놈들 기도도 들어줘야 하니까. 용환이를 죽인 고아원 반장 놈도 미국인 원장도 멀쩡히 살고 있어. 창이 형을 죽인 귀신들도 잘 살고 있을 거야.

큰오빠는 왜 무섭게 구는 거야?

착하게 보이는 게 싫은 거야. 귀신은 힘없고 착한 사람만 잡아먹거든.

아니야. 우리 다 잘 되라고 그러는 거야.

자 나 따라 해봐.

오빠도 나 따라 해봐.

성부와 성자와 성신의 이름으로 아멘.

성부와 성자와 성신의 이름으로 아멘.

나무아미타불 나무관세음보살.

나무아이타불 나무관세음보살.

이게 뭔 소리야?

나도 몰라. 그냥 외운 거야! 기도했으니 우리 이제 자자.

그래도 귀신이 오면?

귀신이 오면 반갑다고 안아주자. 원래 귀신보다 사람이 더 무서워.

귀신 탈을 쓴 사람이 숨어있다. 나타나서 생사람 잡아가는 세상이 제일 무서웠다. 나는 매일 사람의 시간과 귀신의 시간이 만나는 잠으로 들어갔다. 사람도 귀신 속에서, 귀신도 사람 속에서 먹고 마시고 잠을 잤다. 나눌 수 없는 이 둘은 서로 꿈을 꾸었다. 귀신은 인간을 꿈에서 보았을까. 아닐 것이다. 잠에서 깨어나면 어떤 악몽이 우리를 기다릴까. 오늘도 나는 귀신을 보았다.

「소리의 아버지」 이렇게 읽었다 _ **우영창** 소설가
그의 적음寂音, 우리의 적음

　적음선사, 우리는 그를 적음대선사寂音大禪師라고 부르곤 했
다. 우리란 7,80년대에 중앙대 문예창작학과라는 곳에 적을
둔 지질한 학삐리들을 말한다. 박인의 '소리의 아버지'를 읽
어 내려가며, 나는 그 까마득한 시절의 적음대선사, 그리고
적음대선사와 함께한 우리의 허름한 청춘을 찾아가는 여정에
오른다.

　개미집, 자매집, 쌍과부집. 스님은 '뛰뛰빵빵'을 부르거나,
작품에도 나오듯 상체를 뒤흔들며 클클클클을 연발하거나,
웅얼웅얼 시 같은 걸 읊거나, 삼라만상에 앞자리의 여학생 하
나를 더 보탠 눈빛으로 거기 즐겁게, 초월적으로, 옹알이 하
듯, 또는 심오하게 존재하고 있었다. 세계의 중심, 우주의 중
심에(누가 마련해 줬는지. 그는 자신의 누추한 흑석동 방을 그렇게 불렀다)

기거하는 그가 시도 때도 없이 나누어 우리 어린 중생들에게
베푼 선행과 은덕은 이루 헤아릴 길이 없다. 그는 술을 주야
로 얻어 마셔주었고, 무임 택시에 동승해 주었으며, 양아치와
의 골목 전투에선 순식간에 형체를 감추는 도력을 발휘하였
으며, 학문과 문학과 정치와 연애라는 범속한 세계에 갇혀 있
던 어린 학우들을 색色과 공空의 도저한 세계로 인도하였다.

소설 '소리의 아버지'는 적음선사와 함께한 화자의 청춘을
회상기 형식으로 풀어간다. 우리가 적음선사와의 추억을 술
자리에 호출해내는 건, 빈번하다 못해 식상한 일이기도 하지
만, 각자의 가슴 깊은 곳에 자리한 적음의 초상이 글을 통해
홀연히 현현하는 건 드문 경험이다. 소설은, 우리가 몰랐던
적음선사의 새로운 모습이 아니라 우리의 기대(?)를 저버리지
않는 모습을 매혹적으로 재현해 낸다. 소설 속 장면들이 완전
실화인가 다소의 가공이 들어간 것인가는 중요하지 않다. 우
리의 마음은 마음이 지향하는 풍경들을 그려낼 자격이 있다.
작가가 그려내는 그 풍경은 때로 쓸쓸하고 때로 비천해서 아
름답다.

'적음은 열네 살에 어머니 손에 이끌려 경주 기림사로 동진출
가했다. 열여섯 살에 계율을 받았다. 대구 동화사 혜붕 노스님께
불경 내전을 이수했다. 그는 후학 스님들에게 강론을 할 정도로

불경지식이 해박했다. 열일곱 살부터 세상을 떠도는 탁발을 시작했다. 사나흘 무작정 걷고 또 걸었다. 잠은 빈집이나 짚더미 사이에서 잤다. 바닷가 작은 포구에 이르러 노을을 보며 소주를 마셨다. 어느 절에 머물든지 그는 소임을 맡지 않고 무소유 평상심으로 살았다.' — 본문 중에서

오호. 그의 입에서 불법이 흘러나오는 걸 들어 본 적이 없는 나는, 그래서 오히려 그의 해박함과 깊이를 질투할 수 있다. 무소유 또한 무소유이되 그에게 갖다 붙이면 별난 것이 되고 만다. '무소유'란 말은 책제목으로도 나와 있지만, 적음은 무소유란 것에 대해 생각해 본 적도 없고, 생각하기도 싫어하고, 관심도 없었던 것 같다. 내가 본 적음은 분명 그러했다.

그저 그는 뭔가가 없는 사람이었다. 그건 술과 술 사이의 술일 수도, 여자와 여자 사이의 여자일 수도. 웃음과 눈물 사이의 무언가일 수도 있었다. 삶과 죽음 사이엔 뭐가 있는지 그에게 물었다면, 아마도 그는 클클클클로 답하지 않았을까. 그래서 그를, 무소유를 무소유 하는 자라고 감히 칭해 본다.

'아무도 흉내 낼 수 없는 탈속한 저 웃음소리는 법열의 소리였다. 그는 여자소리로 울고, 남자소리로 웃는 법을 내게 전해주었다. 시퍼렇게 날이 선 그의 웃음소리가 이제 하늘에 닿았다. 그리고

보니 그는 내게 침묵의 소리를 보여준 사람이었다.' ― 본문 중에서

소리의 아버지가 침묵이라면, 침묵의 아버지는 무엇일까. 적음은 아마 그것을 찾으러 서둘러 떠난 것이 아닐까? 그의 부음을 들은 지도 오래인 지금, 이 소설을 통해서 그런 질문을 문득 나에게 던져본다. 소리와 침묵, 이제 우리는 그의 것은 그에게로 돌려주고, 범인凡人인 우리는 다만 그리움만을 품는다.

그래서 화자가 작품 속에서 눈물을 흘릴 때 그 울음이 진짜여서, 나도 울고 만다. 선사는 가고 우리는 남아서 오늘도 술잔을 든다. 술잔은 차면 비어가고, 비면 다시 차오른다. 우리 속 적음도 그러하다.

소리의 아버지

오후 바쁜 와중에 핸드폰이 울렸다. 모르는 전화번호였다. 버튼을 눌러 수신을 차단했다. 나는 어린 아이의 평발을 검사하고 있었다. 엑스레이를 컴퓨터 화면에 띄우고 발허리뼈와 목말뼈 사이 각도를 재고 있는데 다시 벨이 울렸다. 나는 환자 보호자에게 양해를 구하고 전화를 받았다. 클클클클클, 고장 난 재봉틀처럼 마구 돌아가는 웃음소리가 들렸다. 장난 전화인가. 끊으려는 찰라 여보세요, 목소리 톤이 높다.

"나 적음이다. 너 언제 들어왔니? 호호 클클클클클클, 너 이 새끼, 발을 돌보는 의사됐다며?"

그의 흥분이 귀로 전해졌다.

"오년 전에 들어와서 눈물 나게 고생하고 있습니다. 형님 건강하시죠?"

"그건 됐고······. 너 지금 당장 분당으로 와라."

대전에서 분당이라니. 적음(寂音) 최영해 형과 함께 지냈던 시간들이 스쳐지나갔다. 그리고 한 여자가 생각났다. 금하. 한때 나는 그녀와 결혼해버릴까 생각한 적이 있었다. 사람과 사람 사이에는 늘 지나간 인연이 있게 마련이었다. 그보다 그때, 나는 적음을 따라다니다 영원히 이승을 떠도는 존재가 될까 두려웠다. 그 시절, 그리운 기억도 솟아올랐다. 내가 잠시 머뭇거리는 사이 형이 말했다.

"바쁜가? 그럼 나중에……."

갑자기 찾아온 침묵. 뭐라 말할 사이도 없이 그는 전화를 끊었다. 회한이 밀려왔다.

그는 서른여섯, 나는 스물다섯 복학생이었다.

그를 처음 만난 곳은 흑석동 왕대포집 개미집이었다. 비가 내리는 날이었다. 허름한 술집에 그는 혼자 앉아있었다. 그는 보고 싶은 몇 사람을 전화로 불러 모았다. 굳이 그런 호명의 식을 치르지 않아도 저녁이면 벗들이 모여들곤 했다. 벗들은 안주를 시키지 않고 깍두기 한 접시를 안주삼아 술을 마셨다. 고등어구이 한 마리를 놓고 막걸리 한 박스를 마시는 날도 많았다. 교수와 학점을 우습게 여겼던 선배들이 후배들에게 문학과 인생을 주절거렸다. 술잔을 기울이며 나는 실연을 안주삼아 유리창에 내리는 빗방울을 바라보고 있었다. 빗소리는 귀로 흘러들어와 가슴에 차올랐다.

금하를 만난 것도 학교 강의실이 아닌 개미집이었다. 흑석동 언덕길을 내려오는 길에 그녀가 내게 와서 인사를 했다. 술자리에서 안면을 튼 금하는 간호학과학생이었다.

"데모 때문에 강의가 없어서 소주 두 병과 맥주 세 병 혼자 마셨어. 나랑 한 병 더 마실래요?" 나는 금하에게 말했다.

"저도 좋아요." 금하는 선뜻 응했다.

취한 나는 그 길로 개미집으로 가서 술을 마시며 문학과 사랑과 이 암울한 시대를 안주로 삼았다. 실연당한 인간답게 나는 사랑에 관한 궤변을 늘어놓기 시작했다. 궤변의 결론은 없었다. 중무장한 경찰이 시위대를 향해 쏘아대는 최루탄연기가 술청을 채웠다. 나는 욕을 하며 문을 닫았다. 침묵을 강요받을 수는 없었다. 복학 일 년 만에 술꾼이 된 나는 마음씨 착한 금하를 술집에서 자주 만났다. 어느 술집에 가든지 그녀는 기다리고 있었다.

누더기 승복을 걸치고 적음 형이 일어섰다. 그와 소주 몇 잔을 마신 나는 적음을 따라나섰다. 형이 가진 것이라고는 낡은 걸망과 몸에 걸친 누더기 승복 한 벌이 전부였다. 여기저기 시주를 받아 생활하는 걸승이었다. 후에 알았지만 그는 어디엔들 머물 곳 없으랴, 달관한 시인이기도 했다. 그와 나는 택시를 타고 미아리로 갔다. 그는 내게 같이 가겠는가 물어보지도 않았다. 가자, 그가 말했고 나는 그냥 따라나섰다. 알전구 불빛이 흐린 미아리고개 선술집에 앉아 김치안주로 막걸리를 마셨다. 한 시간 남짓 자리를 비웠던 형이 돌아왔다. 오랜만에 작부들과 회포를 풀었는가. 눈치를 살피니 형은 관세음보살 미소를 짓고 소주를 마시는 중이었다. 형은 안주를 전혀 먹지 않았다. 빈속에 소주를 마셔서 위장을 데운 후 맹물을 마셨다. 나는 막걸리를 더 시켰다. 미아리에 간 형이 여자를 품었는지 아니면 탁발을 다녀왔는지 궁금하였다.

"배고프면 안주 시켜 먹어라."

그의 수중에 쇳가루, 즉 돈이 생긴 것이 분명했다. 돈이란 이 사람 저 사람 품에 안기는 놈. 스님인 형은 미아리, 인사동, 흑석동 근처에 사는 지인에게서 술값과 여비를 받아왔다. 받아와도 소주 한 두병 안주 값이 전부였다.

아침부터 굶은 형은 속이 헛헛한지 날계란 두 개를 달라고 했다. 주발에 깨서 넣고 참기름을 뿌려 마셨다. 형이 따라준 막걸리를 나는 두 손으로 받아마셨다. 주모할머니에게 두부김치를 주문했다. 내친 김에 밥 한 공기를 시켰으나 형은 사양했다. 한쪽 눈이 사시인 형은 장난기 가득한 눈으로 나를 보며 물었다.

"부모님은 살아계시니?"

"아버지는 제가 두 살 때 돌아가시고 어머님이 서른여섯에 과부가 되어 일곱 남매를 혼자 키우셨죠. 얼마나 고생을 하셨는지 마흔 살에 앞니가 모두 빠져버렸습니다."

"나도 아버지를 일찍 여의고 사는 게 어려워져서 열네 살

무렵 산문으로 들어왔지. 너도 불쌍하고 외로운 놈이구나."

호호 클클클클클. 내 귀는 그의 웃음소리를 들었다. 웃음은 속귀로 깊이 들어왔다. 가슴에 절절히 묻힌 외로움이 발효되어 나는 소리. 시퍼런 녹이 소리에 묻어나오고 세상사에 달관한 웃음소리. 마음이 통하니 바람 따라 정처 없이 그를 따르게 되었다. 그가 외로울까 내빼지 못하였다. 인사동에 가서 한잔 더 하고 잠잘 곳을 찾기로 했다.

그의 두 눈은 바라보는 방향이 일치하지 않았다. 오른쪽 눈은 상대를 보고 왼쪽 눈으로는 바깥쪽 허공을 보았다. 마치한 눈으로 상대의 눈을 보고 한 눈으로 상대의 영혼을 보는 것 같았다. 그의 목소리는 시 자체였다. 그가 쓴 시는 마음의 소리였다. 그는 술에 취하면 '찔레꽃'을 구성지게 불렀다. 노래를 시키면 언제나 엄마 생각나는 '찔레꽃'을 불렀다.

엄마일 가는 길에 하얀 찔레꽃
찔레꽃 하얀 잎은 맛도 좋지
배고픈 날 가만히 따 먹었다오
엄마 엄마 부르며 따 먹었다오

밤 깊어 까만대 엄마 혼자서
하얀 발목 바쁘게 내게 오시네
밤마다 보는 꿈은 하얀 엄마 꿈

산등성이 너머로 흔들리는 꿈

호호 클클클클클클······.

그의 웃음소리에 드디어 발동이 걸렸다.

"땡초 적음스님 아닙니까?"

실비집 주인은 형을 땡초라고 불렀다. 땡초라고 부르자, 그
는 웃기 시작했다. 내가 불러낸 금하가 나타나자 그는 더욱
큰소리로 거리낌 없이 웃었다. 주위 눈치를 살피는 일은 같은
술자리에 앉은 사람들이었다. 말은 고통의 근원이니 침묵으
로 수행하라. 평생 주어진 적음을 깨는 웃음이었다. 그는 한
번 웃으면 발동기처럼 그칠 줄을 몰랐다. 좌중은 더불어 웃음
바다에 빠져버렸다. 그 웃음보다 더 나은 설법을 나는 들어본
적이 없다.

"금하는 내 엄마를 꼭 닮았구나."

적음이 얼굴이 통통한 금하를 보며 말했다.

"이 둘이 애인 사이인가보네."

대화를 나누던 화가 한 명이 나와 금하를 가리켰다.

"아닙니다. 그냥 후배 술친구예요."

적음형은 한쪽 눈은 그녀를 다른 한쪽 눈으로 나를 바라보
았다.

적음은 열네 살에 어머니 손에 이끌려 경주 기림사로 동진
출가했다. 열여섯 살에 계율을 받았다. 대구 동화사 혜붕 노

스님께 불경 내전을 이수했다. 그는 후학 스님들에게 강론을
할 정도로 불경지식이 해박했다. 열일곱 살부터 세상을 떠도
는 탁발을 시작했다. 사나흘 무작정 걷고 또 걸었다. 잠은 빈
집이나 짚더미 사이에서 잤다. 바닷가 작은 포구에 이르러 노
을을 보며 소주를 마셨다. 어느 절에 머물든지 그는 소임을
맡지 않고 무소유 평상심으로 살았다. 그는 예술대학에 들어
가서 문학을 전공했다. 어머니에 대한 그리움과 몸에 밴 외로
움이 그를 문학으로 이끌었다.

　나는 막걸리에 김치를 안주로 속을 풀었다. 그는 소주를 마
셨다. 그는 나름 주법을 터득하고 있었다. 우선 사발에 날계
란을 풀고 참기름을 서너 방울 떨어뜨린 해장용 칵테일을 먹
었다. 안주 없이 소주만 마셨다. 술을 마시고 꼭 맹물을 번갈
아 마시는 그가 가끔 술을 빨리 마시는 것처럼 보였다. 술집
에서 그를 아는 사람들이 늘어났다. 대성리 야외 미술전시회
에서 만나 인연을 맺은 젊은 화가들이 주류였다.

　적음은 술집에 아는 사람들이 나타날 때까지 잔을 기울이
며 혼자 기다렸다. 오랜 그의 술버릇이었다. 술꾼들 길목을
지키는 것이었다. 그는 오직 아는 사람에게서 한두 푼씩 술값
을 받아냈다. 그의 만행을 아는 사람들과 그의 문장과 시를
읽어본 사람들은 아낌없이 보시했다. 그는 빈 술병을 들고 자
신이 쓴 산문을 읊었다.

　"아침에 일어나니 머리맡에 술병이 쓰러져있었다. 여관방

에 갇힌 술병은 허공과 천정을 날아다니고 있었지. 머나먼 은하계의 반짝이는 별들 무리 속으로 술병은 날아가고 싶어 했어. 목마른 한 순간, 잠들어 있는 우리가 절실히 바라는 것은 무엇인가. 무수한 술병들만이 피곤한 의식의 틈서리를 헤집고 들어와 귀신처럼 속살거렸다. 속은 쓰리고 막막한 아침, 쓰러져 누운 그들을 내려다보며 얼마나 절망하였던가. 나의 무능과 무기력과 무의지를 그 절망 속에서 얼마나 외로이 인식하고 있었던가. 모든 것은 비어있었다."

웃음소리를 싫어한 사람들이 그를 땡초라고 불렀지만 나는 외로운 자들을 찾아가는 그가 좋았다. 적음은 택시비만 있으면 어디든 그리운 사람들을 만나러 갔다. 탁발하는 스님에게 무전취식 죄가 성립되겠는가? 어디엔들 이 한 몸 머물 곳 없으랴. 적음은 바람처럼 나타났다 구름처럼 사라졌다. 그는 자신의 시구처럼 푸른 청동 뱀이 혀를 날름거리며 꿈틀거리는 숲길을 걸어 벼랑 깊은 암자로 갔을 것이다. 실안개만이 그의 뒤를 살금살금 따라붙었다. 그는 도시의 빌딩 숲을 누비며 그리운 사람들을 만났다. 외로운 사람들을 자비로운 웃음으로 만났다. 더러는 치를 떨고 도망치지만 대부분 안보이면 궁금해하고 그리워했다. 그의 행방을 아무도 몰랐고 그는 늘 불현듯 나타났다.

한바탕 크게 웃고 나니 술자리가 종치고 있었다. 금하가 몸이 아프다며 집으로 갔다. 나도 도망치고 싶었지만 그러지 못했다. 천진무구한 적음의 마음속은 맑아서 들여다보였다. 부처도 원래 외로운 사람이 아니었던가. 속이 컴컴해서 웃음을 삼키는 사람은 없다. 꺼려하고 겹겹의 장막을 칠뿐이다. 그날 술자리에 있던 사람들은 즐겁게 사라졌다. 취한 그를 수발하려고 내가 남았다. 아니, 취한 나를 그가 거두었을 것이다.

인사동을 떠나 그와 나는 택시를 타고 동작동 국립묘지 뒷산 호국사로 갔다. 국립묘지 정문 경비원들이 출입구에서 출입을 통제했다. 그러나 곧이어 그들은 스님을 알아보고 출입을 허락했다. 나는 적음을 따라 호국사 산문으로 들어가 스님들이 머무는 요사에 들어갔다. 불자처럼 합장을 하고 스님들께 인사드렸다. 자리에 앉자마자 적음은 그 절에 머무는 도반 스님을 찾았다. 적음은 장삼 소매에서 캡틴 큐를 꺼내놓고 예의 웃음을 웃기 시작했다. 스님들 중에 검은 승복을 입은 무술 하는 승려들이 서너 명 앉아있었다.

큰 방안에는 검은 승복을 입은 승려들 중에 10월 27일 신군부가 저지른 법난으로 군수사대에 끌려갔던 경험이 있거나 피신해 있는 자들도 있었다. 묵언수행 중인 스님 하나가 적음형의 도발적인 웃음과 거침없는 말투에 자극을 받아 자기도 모르게 욕설을 뱉었다. 묵언을 깼으니 그에 합당한 벌을 주려는지 가장 젊은 검은 승복이 불같이 성질을 내며 일어섰다.

"이런 개 같은 놈이 다 있나. 객승다운 예절을 모르는 새끼야."

뒷골목에서 주먹질하던 버릇을 못 버리고 여기까지 기어들어 왔는가. 객승 중 누군가 혀를 챘다. 나머지 검은 옷을 입은 자들도 마시던 맥주병을 이마로 깨고 떨쳐 일어났다. 순식간에 벌어진 일이었다. 황당했던 나는 덩달아 일어섰다. 허나 적음은 가부좌를 틀고 앉아 잠깐 눈을 휘둥그레 떴다 감았다. 어렸을 때 출가한 스님들은 공양을 많이 한 만큼 염불과 예불이 뛰어났다. 나이 차서 부처의 계율을 받은 스님들은 동진출가한 스님들을 부러워했다.

"머물러 오신 스님에게 무슨 행패요?"

도반스님이 나섰다가 귀싸대기를 맞고 쓰러졌다.

"오늘 이 놈의 버르장머리를 바로잡겠다. 이런 놈들이 설치고 다니니 수행스님들이 땡초라고 불리는 거야. 다시는 이 절에 발을 붙이지 못하도록 손을 봐야해."

스님 몇이 말렸으나 검은 승복의 주먹다짐은 적음으로 향했다. 발길질이 날아왔다. 적음은 눈을 감고 앉은 채로 맞고 있었다.

"너희들이 진정 부처의 길을 포기하는구나."

형이 나지막이 저음으로 소리를 냈다. 발길질이 날아오자 나는 온 몸으로 적음의 등을 감싸 안았다. 이내 주먹과 발이 잠잠해졌다. 다른 검은 옷 한 명이 내게 오더니 멱살을 잡았다. 스님들도 검은 팔을 잡으며 일방적인 싸움을 말렸다.

"이것은 불가의 일이니 속세인은 끼어들지 마시오."

적음이 코피를 흘리고 있었다. 피를 보자 침묵이 흘렀다.

"스님. 노잣돈 얻으러 다시는 오지 마시오."

나는 도반스님과 적음을 부축하고 요사를 빠져나왔다. 언덕길을 내려오는데 술에 취한 검은 승복이 따라오며 현란한 발차기로 적음을 가격했다. 젊은 승려의 눈빛이 미친개처럼 풀려있었다.

"내가 군인들에게 끌려가서 개처럼 맞은 놈이다. 오늘 주먹이 센 게 뭔 잘못인지 가르쳐줄테다."

"종로서 뺨 맞고 한강에서 화풀이하는 겁니까?"

나는 그 앞을 막아섰다. 이제부터 때리면 맞거나 한번 붙어볼 태세였다. 일주일 전 명수대 파출소로 잡혀간 적이 있었다. 대학 태권도 동아리 학생들과 시비가 붙어 회장과 부회장을 흠씬 패 준 일 때문이었다. 시비를 걸어온 쪽과 주먹을 먼저 날린 것도 그쪽이었다. 이상하게도 검은 승복은 나를 똑바로 쳐다볼 뿐이었다. 잠시 뒤, 그는 주먹을 편 부드러운 손으로 합장을 했다.

"처사. 이번 일을 절대 외부에 발설하면 안돼요. 불사입니다. 부탁드립니다."

검은 옷 스님은 취한 척 한 것이었다. 적음은 이미 산문을 빠져나가 나를 기다리고 있었다. 무표정한 얼굴로 미동도 안 하고 맞는 모습은 꼭 등신불 같았다. 나는 비폭력 무저항주의

자인 그를 보았다.

흑석동 여관에 적음을 눕혔다. 나는 찬물을 적신 수건으로 그의 얼굴을 닦았다.

"네 친구들 중에 깡패들 없나?"

화가 많이 나면 저음으로 변하는 목소리로 그는 내게 물었다.

"형, 선후배들 부를까요?"

"싸움 잘하는 새갑이나 쩜쩜이 같은 몇 놈만 불러 모아라." 했다가 그는 이내 아니다 하면서 도리질이었다. 그는 한밤중에 나를 깨웠다. 신문지 위에 대변을 보고 깨운 것이다. 똥을 치우라는 것이다. 나는 자는 척 일어나지 않았다. 그는 나를 흔들다 말았다. 후에 알게 된 일이지만 그는 소변과 대변을 분리해서 볼 일을 보는 능력을 갖고 있었다.

다음 날 다친 김에 그는 여기 저기 전화를 걸었다. 청량사 주지스님에게 전화를 걸어 치료비를 보내라고 독촉했다. 이상한 것은 다들 빚이 있기라도 한양 돈을 부쳤다. 계란을 얻으러 간 개미집에 여자후배 금하가 있었다. 나를 찾아다녔다는 금하와 계란을 들고 약국에 들른 후 적음에게로 갔다. 방에는 호국사 도반스님이 와서 위로의 말을 전하고 있었다. 주지스님이 주는 치료비를 받아 챙긴 적음은 언제 그랬냐는 듯, 클클클클클, 멍이 들고 부은 얼굴로 웃고 있었다. 금하를 다시 만난 적음은 어머니 닮은 그 보살이라고 기뻐했다. 금하

는 적음 얼굴에 난 타박상에 약을 바르고 다시 찬물로 찜질을
했다.

"걱정 말아라. 나는 단전호흡으로 단련된 몸이니까."

맞아서 번 노잣돈이 충분해진 우리는 다시 기행에 나섰다.
그는 다리를 절고 있었다. 외로움을 벗 삼아 지내는 일이 수
행자의 일상이 아니던가. 언제나 그러했듯이 외로움이 뼈에
사무치고 그리움이 차오르면 그는 떠났다. 그리운 사람이 요
석공주면 어떻고 노국공주면 어떠랴. 외로운 사람이 시인이
면 어떻고 소설가면 어떠랴. 대성리에서 만나 평생 인연을 맺
은 화가라면 더 아니 좋을 것이냐.

적음, 그의 승복 속에는 철부지 어린아이가 있었다. 영혼이
맑은 시인이 들어있었다.

검은 옷 입은 젊은 승려를 조계사 근처에서 본 적이 있다.
검은 승복들이 내 곁을 스치며 지나갔다. 나는 뒤늦게 치미는
분노를 참아야했다.

무더위가 기승을 부린 그해 여름, 나는 적음 형을 따라 청
량산으로 들어갔다. 아프리카 우간다에나 있을 법한 어처구
니없는 일들이 이 나라에서 일어났다. 이디 아민 다다처럼 군
인이 독재자가 되어 광주에서 시민들을 죽였다. 저항하거나
항변하는 자들은 끌려가거나 입에 재갈이 물렸다. 희망이 사
라지자 나는 적음의 바랑을 메고 그의 걸음을 따랐다. 청량리

에서 완행열차를 타고 봉화역에서 내렸다. 버스를 갈아타고 나는 빨치산처럼 험한 산길을 걷고 또 걸었다. 나를 사랑한다는 여자 후배 금하를 데리고 갔다. 일주일간 적음과 흑석동 개미집과 서울 변두리 술집들을 주유하며 술을 마셨다. 아무리 마셔도 가슴이 타들어가고 답답했다. 분노와 체념이 다스려지지 않았다. 하여 무작정 청량사에 딸린 암자로 들어가기로 한 것이었다. 바랑 안에는 역 앞 가게에서 산 소주가 스무 병 가량 들어있었다. 그 무렵 나는 다자이 오사무의 '인간실격'과 박상륭의 '죽음의 한 연구'를 성경처럼 들고 다녔다. 나는 인간실격에 가까운 놈이었다. 해독이 어려운 죽음이나 탐미하려는 비관주의자 행세를 마다하지 않았다. 금하가 나를 좋아한다고 말했을 때 허망했다. 왜? 하필이면 나를 좋아하냐? 금하에게 물었다. 금하가 즉시 답했다. 아픈데 아프다고 말하는 게 죄냐고. 세상에 수많은 남자들 중에 어쩌자고 나를 사랑했을까. 고백을 받은 날 막걸리를 마시고 엉망으로 취했다. 결혼서약서를 쓴 나는 금하를 끌어안고 연못시장 여인숙으로 데리고 가서 잤다. 아름다운 사랑은 없었다. 그렇고 그런 연애 이야기는 많지만 현실은 녹록하지 않았다. 사람과 사람이 만나면 불꽃이 튀던 시절이었다.

완행열차에 몸을 실은 적음과 금하와 나는 소주를 깡으로 마셨다.

누구를 사랑할 능력도 없는, 나 스스로를 사랑하지 않는 나를 사랑한다니. 고마운 일이었다. 나는 미숙한 인간이었다. 나는 인간이 되기 위한 수련이 필요했다. 적음은 스님이기 전에 인간이었다. 그의 인간적 외로움이 내게 전해졌고 나는 그 앞에 무릎을 꿇었다. 그를 따르는 수제자가 되고 싶었다.

"형님, 저를 거두어 주세요. 출가하게 도와주세요."

"왜 출가하려는고?"

부리부리한 눈알을 굴리며 적음이 물었다.

"형님과 술친구하며 수발하려고."

그는 형형한 눈길을 주며 파안대소했다.

"이 새끼 웃기는 놈이네."

사실은 절이든 산이든 처박혀 소설이나 써볼까 궁리하던 중이었다. 금하가 여자가 아닌 소설이라면 죽도록 쫓아다녔을 것이다. 그런데 만약 소설인 금하가 나를 좋아한다고 계속 따라다니면 지긋지긋할 것이다. 적음을 따라 암자에 도착한 나는 소설을 증오했다. 방구석에 굴러다니는 스케치북을 집어 들었다. 암자 뒷산으로 올라가서 동양화처럼 펼쳐진 절경들을 닥치는 대로 도화지에 옮겼다. 아침에는 적막한 풍경소리를 들었다. 산 아래 계곡과 솟아오른 금탑봉을 바라보았다. 그가 술에 취해 읊어대는 시와 산문들은 내게 감동을 주었다. 소설 문장이 어쩌고저쩌고 하며 나는 좋은 글을 써보리라 다짐하였다. 그의 목소리와 시에서도 그림이 그려졌다

아무리 폭음을 해도 새벽 네 시면 적음은 나를 깨워 응진전

으로 갔다. 촛불을 켜도 불당 안은 어두웠다. 목탁을 두드리며 마하반야바라밀다심경을 독송하는 적음을 따라 삼존불상에게 아침예불을 드렸다. 예불을 올리는 동안 눈물이 났다. 평생 술을 마시다 간경화로 돌아가신 아버지의 명복을 빌었다. 이 밝은 세상에서 어두운 도적놈들의 표적이 되어 억울하게 죽은 자들을 생각했다.

그가 금강경을 독경하면 새벽어둠이 물러갔다. 아침예불을 마친 그는 도량석을 했다. 합장한 나는 그의 뒤를 따라 말없이 걸었다. 암자 뒤에는 부처의 발을 닮은 바위가 있었다. 나는 부처의 발을 만지고 절을 했다. 암자 앞마당 탑돌이를 한 후 총명약수터 방향으로 걸어갔다. 응진전 우측으로 돌면 나타나는 절벽 위에 섰다. 청량사로 이어진 계곡이 천천히 새벽빛에 물드는 모습을 내려다보았다. 강나루에 닿은 계곡이 발아래 펼쳐지고 여명의 하늘이 붉게 타오르고 있었다. 화엄의 장엄함이 내 머리로 쏟아졌다.

응진전에서 부처에게 드리는 적음의 염불소리는 금탑봉 절벽에 반향 되어 산사 아래 마을로 울려 퍼졌다. 적음의 독경소리를 들어본 적이 있는가. 그의 목소리는 잔잔한 호수에 내리는 눈처럼 침묵으로 말하고 봄날 구름처럼 하늘가에 둥글게 피어올랐다. 깊은 산, 숲에 솟는 샘물처럼 한 줄기로 흐르고 가을비처럼 담담하게 가라앉았다. 그 염불을 들으며 아침예불을 드리면 술이 깨고 참회의 눈물이 흘렀다. 저녁비가 온

다음 날, 새벽안개에 부드럽게 풀리는 그의 염불소리는 청아하고 구슬펐다. 무심한 무욕의 소리였다.

'生也一片浮雲起 死也一片浮雲滅 浮雲自體本無實 生死去來亦如然'
'산다는 것은 한 조각구름이 일어나는 것이요, 죽는 것은 한 조각구름이 스러지는 것이다. 뜬구름, 그것은 본래 없는 것이니 나고 죽는 것, 오고 감 또한 이와 같아라.'

게송을 읊조리는 그에게 원효대사의 혼이 들어간 게 분명했다. 원효나 적음이나 15세 무렵 경주에서 출가했다. 둘 다 고승에게 불경을 배웠다. 둘 다 무소유의 길을 갔다. '일체의 거리낌이 없는 사람이 한 길로 삶과 죽음을 넘어설 수 있다'는 화엄경의 구절에서 무소유가 시작되었다. 원효와 적음, 둘 다 부유한 자들이 아닌 가난한 사람들 속으로 걸어갔다. 둘 다 이 응진전에서 공력을 키우지 않았던가. 그리고 둘 다 어머니를 그리워했다. 깨우침을 얻으려고 원효가 해골 물을 마셨다면 적음은 곡차를 공양 대신 마셨다. 원효는 요석공주와 결혼하여 설총을 낳고 수많은 저서를 남겼다. 적음은 다만 몇 권의 산문집과 시집을 상재했다.

"보시 중에 최고는 육보시야. 네가 나를 좋아하듯 나도 허물없이 적음을 좋아해. 내가 좋아하는 형을 네가 사랑하면 어떨까?"

나는 금하에게 넌지시 말했다.

"한 사람을 사랑한다는 것은 그 사람의 현재 뿐만 아니라 과거와 미래까지 사랑하는 거예요."

금하는 나를 타일렀다. 나는 막무가내였다. 위궤양, 위염과 십이지장궤양이 한꺼번에 몰려오고 속 쓰린 술병이 깊어 잠 못 이루는 밤. 금하는 내게 와서 찬물에 적신 수건을 식은 땀 흘리는 내 이마에 올려놓았다. 그녀의 간호를 받으면 잠이 왔다. 나를 내려다보는 그녀 눈에 연민과 사랑이 담겨있었다. 나는 잠이 들었고 그녀는 적음에게로 갔다.

나는 술에 취하지 않았다. 마실수록 정신이 멀쩡했다. 별빛이 쏟아지는 요사 지붕 아래서 나는 검은 피똥을 싸면서 술을 마셨다. 위와 십이지장 궤양에서 피가 흘러나왔다. 한바탕 구토하고 골방으로 들어가서 누웠다. 금하는 내게로 와서 찬물에 적신 수건을 열이 오르는 내 이마에 올려놓았다. 내가 잠 들자 그녀는 적음이 있는 큰 방으로 갔다. 그녀가 가면 다시 속이 쓰라렸고 식은땀이 났다. 새벽녘에는 부엌과 뒤뜰에서 아기들이 웃고 장난치는 소리가 났다. 내 방문 앞에 와서는 차근차근 이야기를 나누다 갑자기 큰 소리로 웃었다. 나한들이 장난치는 소리였다. 공민왕의 왕비 노국공주가 데려온 열여섯 나한상들이 밤이면 장난을 쳤다. 문고리를 쥐고 흔들었다. 아이들 웃음소리와 속삭이는 소리. 달빛이 창호를 바른 방문에 어른거리는 그림자들. 내가 깨어나 일어나면 키득거리며 멀리 사라졌다. 잠들면 다시 나타나 도깨비장난처럼 장독대와 바위를 두드리며 장단 맞추는 소리가 들렸다.

암자 옆 요사에서 술과 안주거리를 챙기는 건 내 몫이었다. 적음이 심은 상추와 깻잎을 따고 나는 술을 사기위해 바랑을 메고 도립공원 입구 가게까지 왕복 십리 길을 이틀이 멀다고 오르내렸다. 저녁이면 찌게안주를 끓였다. 절벽 위 너럭바위에 앉아 소주를 마셨다. 다 마신 소주병은 차례로 절벽 밑으로 던졌다. 병이 깨지면 정적이 엄습했다. 온갖 풀벌레와 새 우는 소리가 순간 멈췄다. 흐르는 달빛 아래 귀뚜라미 한 마리가 울었다. 정적이 깨지자 기다렸다는 듯 풀벌레와 새들이 온통 야단법석이었다. 금하는 인간실격인 나를 버리고 적음에게 갈 것이다. 낮이면 연필과 도화지를 챙겨들고 무당들이 기도처로 삼은 산정 바위를 그렸다. 적음은 스님이기 전에 인간이었다. 나는 적음과 금하 둘이 지낼 수 있기를 바랐다. 금하는 나만을 사랑한다고 말했다. 나는 코웃음을 치며 사랑 따위는 연연하지 않을 것이라고 말했다. 자존심이 상한 금하는 보란 듯이 그에게 갈 것이다. 나는 만나고 헤어짐에 연연하고 싶지 않았다. 내 청춘은 미래가 없었다. 금하를 떠나보낸 나는 술로 몸을 학대했다. 내 육신은 머리를 장식처럼 달고 다녔다. 그 벌을 받을 차례였다. 청량사 주지 스님에게 두 번이나 불려가 훈계를 받은 나는 보름 만에 산을 내려왔다.

학우들은 '민중의 땅' 사건 이후 모두 안기부에 끌려갔다. 나는 혼자 고삐 풀린 말처럼 도망쳤을 뿐이었다. 어디로 갈까. 만남도 이별도 없는 곳으로 갈까. 허나 부질없는 일이었다. 죄책감이 들었지만 이마저도 지나갈 일이었다. 봉화역에서 나는 적음과 금하를 서울로 올려 보내고 안동으로 가는 버스를 탔다. 금하는 적음을 수발했을까. 궁금했지만 그에게 보시를 했건 안했건 나는 그녀를 떠나보냈을 것이었다. 연연하지 않으리라. 인연을 단칼에 끊으면 후일 깊은 상처를 남길 수 있다는 사실을, 그 무렵 나는 몰랐다.

대학을 졸업한 해였다. 호주로 이민을 가기 전날, 서울에 온 적음이 나를 불렀다. 적음 곁에는 보살이 된 금하가 앉아 있었다. 적음은 내게 주발에 소주를 따라주었다. 그것도 가래침을 잔뜩 뱉어서 주었다. 나는 그의 자비를 받아들고 단숨에 마셔버렸다. 그의 유전인자가 내 뱃속으로 들어오자 몸이 따듯해졌다. 장식으로 이고 다니던 머리가 핑핑 돌아갔다. 육조대사 혜능의 빙의가 내게 들어와 저절로 읊조리기 시작했다. 나는 금하에게 말했다.

"만나지 말아라. 헤어지기 어렵나니. 헤어지지도 말아라. 다시 만나기는 더 어렵나니. 그리하여 나는 심심하다."

후일 나는 한국으로 다시 돌아왔다. 남들이 거들떠보지 않는 발 의학을 공부했다. 왜 하필이면 냄새나는 발을 공부했냐고 내게 묻는 사람이 많았다. 내 대답은 똑 같았다. 아무도 의

학적으로 관심을 주지 않고 천대받는 곳이기에 공부했다고. 걷는다는 인간의 행위는 숨을 쉬는 것만큼이나 중요했다. 타인의 발을 돌보는 일상에 쫓겼다. 그런 어느 날, 홍대입구 버스정거장으로 걸어갈 때, 딱하다는 듯이 나를 쳐다보는 금하를 만났다. 그녀를 바라보며 어색한 웃음을 주었을 뿐 나는 아무 말도 할 수가 없었다. 결혼해서 애가 둘이나 있는 나는 한 집안을 책임지는 가장이었지만 그녀는 독신이었다. 황급히 버스에 올라 금하를 바라보자 그녀는 내게 손을 흔들어 주었다.

　흐흐 클클클클클클.

　전화를 받고 서둘러 일과를 마친 저녁에 나는 적음을 인사동 술집에서 만났다. 그는 30년 넘도록 입은 체크무늬 남방을 걸치고 있었다. 원래 색깔은 바랬고 세월의 때가 끼어 국방색처럼 누렇게 변해있었다. 그는 헤지고 구멍 난 승복에 다른 스님이 버리는 옷을 잘라 덧대서 입었다. 바지 엉덩이에는 손가락만 한 구멍이 숭숭 나있었다.

　다시 만난 그는 자기가 먼저 이야기를 해놓고 스스로 웃었다. 언제나처럼 앉은 자리에서 온 몸을 앞뒤 좌우로 흔들대며 낄낄거렸다. 그의 웃음소리를 듣자 우선 그간 좁아졌던 숨통이 트였다. 막힌 혈관이 뚫리며 흐르는 기와 혈이 오장육부를 흥분시켰다. 그의 심기를 어지럽히고 금하를 시켜 계율을 어기게 했던 지난날을 떠올리니 죄책감이 밀려왔다. 하지만 곧 사라졌다.

"형, 금하는요?"

"금하는 나랑 헤어졌다 다시 만났다 하며 살았지. 그런 금하가 작년에 유방암으로 죽었다."

천장을 바라보는 그의 한 쪽 눈에 눈물이 고였다.

"금하가 죽다니요?"

놀란 나는 자세를 고쳐 앉고 물었다.

"백약이 무효했지. 유명 대학병원을 백방으로 찾아다니고 암에 좋은 것은 다 구해주었는데 떠나버렸어."

"인생이 생로병사인 것을 어찌하겠어요."

나는 형을 위로하고 있었다. 그는 내게 금화가 마지막으로 쓴 시 '아카시아'를 독경처럼 읊어주었다.

　숨겨놓은 사랑이

　북새통 가슴속에

　오뉴월 대낮처럼 지글거려

　나는 미치네

　달빛 휘영청 보름밤

　제 몸 냄새에 스스로 어지러워

　식지 않는 속살 바람에 널어놓고

그놈의 숨긴 사랑 때문에
열세 폭 허연 속치마 지천으로 펄럭이며
한 바탕 흐드러지게
미쳐 도는 아카시아

　그와 나는 금하를 기리며 몇 잔 막걸리를 마셨다. 금하는
대기업에 다니는 남자와 이혼하고 독신으로 지냈다. 서울 어
느 백화점에서 일하면서 시를 쓰다가 우연히 적음을 다시 만
났다. 만나자마자 적음과 사랑에 빠졌다. 금하를 잃은 그의
쓸쓸함이 내게 전해졌다. 화장실에서 소변을 보는데 참았던
눈물이 갑자기 쏟아졌다. 암과 싸우며 금하가 겪었을 고통이
그리고 적음이 느꼈을 인간적 슬픔이 내게로 천천히 흘러들
어왔다. 곧 이어 가슴이 미어터지는 통증이 몰려왔다. 그 아
픔이 가득 차오른 나는 여자처럼 고음으로 흐느끼고 있었다.
눈물을 닦고 자리로 돌아오니 적음은 떠나고 없었다. 빈자리
에 '저녁에'라는 시집이 놓여있었다. 나는 표제 시를 읽었다.

　왜 그처럼 늦게 연락을 주었는지
어제는 감꽃이 지기 시작 하더니
초가을 바람이 벌써 한 차례
비를 몰고 가는구나
저녁엔 스산해서 한 잔 소주로 목을 달랬다

그리운 것은 그리운 대로 놓아두고

그렇게 내리는 비를 바라보며

이 저녁을 꾸려가야 하는 것인가

연락은 한 차례 내리는 비처럼

왔다 갔다

　형은 그렇게 내리는 비처럼 왔다 갔다. 헤어지고 얼마 지나지 않아 나는 그의 입적을 알게 되었다. 기도가 막혀 숨을 쉴 수가 없이 죽었다고 했다. 장례식장에 가지 못한 나는 그의 지인들이 남긴 사진을 보았다. 그가 누웠던 자리에 썩어가는 몸으로 남겼을 실루엣이 초현실주의 그림처럼 남아있었다. 잠결에 무언가에 숨이 막혀 발버둥친 흔적이 있었다. 한쪽 다리는 접혀 있고 한 손에 두루마리 휴지가 들려있었다. 스산한 새벽, 적음은 자신이 만든 웃음 방, 일소암에서 열반에 들어갔다. 보름이 지난 그의 시신은 아무 것도 걸치지 않은 알몸이었다. 태어날 때 아무 것도 가지고 온 것이 없듯이 그는 마지막 누더기조차 벗어버리고 갔다. 평생 승복 두 벌 걸망 하나 무소유로 살다가 그 옷마저 벗어버리고 떠났다. 기도가 막힌 그는 금하를 부르다 입적했을까. 적음은 원효 곁으로 갔을 것이다. 아니면 최후의 사랑 금하가 불러서 데려갔을 테지, 하면서 일말의 질투를 느끼는 나란 놈은 무엇인가.

　호호 클클클클클…….

웃음소리가 환청으로 들렸다. 한바탕 크게 웃고 나니 인생이 저물었다.

나는 한 번 크게 웃지도 못하고 살았다. 인간의 발을 치료하는 직업을 가진 내 앞에 수많은 발들이 아파 누워있었다. 그 발들에 걸리고 치여 오도 가도 못했다. 어느 곳에 오래 머물거나 누구에게 매인 적이 없는 그는 인생길 외로움을 달래줄 도반을 그리워했다. 아무도 흉내 낼 수 없는 탈속한 저 웃음소리는 법열의 소리였다. 그는 여자소리로 울고, 남자 소리로 웃는 법을 내게 전해주었다. 시퍼렇게 날이 선 그의 웃음소리가 이제 하늘에 닿았다. 그러고 보니 그는 내게 침묵의 소리를 보여준 사람이었다. 아둔하고 미혹한 나는 이제야 겨우 알 것 같다. 내게 저 장엄하고 깊은 마음 내면을 들려주는 그가 소리의 아버지라는 사실을.

「말이라 불린 남자」 이렇게 읽었다 _ **김나정** 문학평론가 소설가

인간 동물도감

사람도 짐승이다. 각인각색各人各色이니 사람마다 안에 품고 있는 동물도 제각각이다.

만약 당신의 본질을 한 마리 동물에 빗댄다면 박인의 「말이라 불린 남자」의 화자는 말馬'이라고 답한다. 이 소설은 두 줄기로 구성된다. 추심원인 주인공이 추심번호 518번 여자를 쫓는 추적과정과 주인공의 말과 관련된 과거회상이 맞물린다.

이 소설은 인간과 동물을 집요하게 연결 짓는다. 중심엔 주인공의 토템인 '말'이 놓여있다. '말'은 질주와 그에 연결된 자유의 상징으로 읽힌다. 유년부터 젊은 시절의 회상은 그가 얼마나 말과 닮았는지를 설명하는데 할애된다. "유달리 내성적이었던 나의 가슴엔 '말'이 자라고 있었다." 말의 본성을 인물에 투영하는데서 성취되는데, 이를테면 주인공의 얼굴은

말상이었고 학창시절에 마라토너였다. 하지만 나이 들면서 '나'는 점점 말이었던 스스로에게서 멀어진다. 살아가려면 마음속의 '말'을 길들여야 했다. 사회화란 어떤 의미에서는 짐승스러운 자신을 길들이는 과정이다. 그러나 이는 정체성을 마모시키는 과정을 수반한다. 나는 말인데, 말이 아니어야만 살 수 있다. 달리고 싶지만 번번이 무릎을 끓어야 하고 꽉꽉한 삶의 조건은 말에게서 들판을 뺏는다. 이런 삶을 호락호락 받아들이기는 어렵다. 본성을 빼앗긴 존재는 슬프다. '아프리카 피그미족인 흑인 오타벵가'는 동물원에 전시되는데 "동물원 안이나 밖에서나 피그미 원숭이로 지낸 그는 같은 인간의 적대감과 학대를 견디다 못해 서른다섯 살에 자살했다."

　누구나 자신의 본성을 등지며 살아간다. 그렇다면 사람은 왜 자기 자신으로 살지 못하나? 이 질문에 대한 답은 인간이 처한 삶의 조건에 대한 탐구로 이어진다. 이 소설에서는 어림잡아, '돈'을 원흉으로 지목한다. 말은 들판과 풀만 있으면 살지만 인간은 '돈'에 매여 산다. 작가였던 주인공은 이런저런 일자리를 전전하다가 빚을 받아내는 일자리에 지원한다. 말의 속성은 빚진 사람의 뒤를 쫓는데 써먹힌다. 추심원이란 직업은 그의 속성인 '말'을 돈벌이에 적용시킨 결과물이다. 그의 본능은 길들여지는 것을 넘어서, 다른 용도로 쓰이게 된다. 개가 그의 속성으로 인해 경비견이나 마약 탐지견으로 활용되듯.

이 소설에서 인간의 동물적 속성은 두 가지 의미로 쓰인다. 주인공은 동물원에서 만나는 사람들에게서 동물을 발견한다.

나이를 먹을수록 사람 얼굴에는 인격뿐만 아니라 특정한 동물의 모습이 담기지 않을까. 걸어가다가 유인원 앞에 섰다. 고릴라가 혼자 서있는 나를 쳐다보았다. 가끔 소통이 필요한 사람, 거친 노동에 길들여진 사람, 고독한 인간들에게서 나는 영장류를 떠올린다. 사자를 닮은 사람, 하이에나를 닮은 사람, 늑대 같은 인간, 육식을 좋아하는 사람들 얼굴에는 주로 상위포식자인 육식성포유류 동물들이 겹친다. 굶주린 사람에게는 병든 토끼 얼굴이 보인다. 그들이 밥을 먹는 모습조차 배고픈 초식동물과 닮았다.

사람보고 '짐승' 같다면 욕이다. 동물마냥 '본능'을 존중하자는 건 자신에게 충실하며 자연스럽게 살자는 선언이다. 이 두 가지 층위가 섞여 있다는 점이 흥미롭다. 사람은 본성의 동물을 버리며, 동시에 점점 동물과 닮아가기도 한다. 살아가는 것은 동물로서의 본능을 버리면서, 동시에 삶의 과정에 따라 어떤 동물이 되어가는 과정이기도 하다. '동물에서 벗어나기-동물 되기'는 한통속이다.

추심원인 나는 추심번호 518번 여자의 꽁무니를 쫓는다. 빚을 받아내기 위한 추격전이지만 긴장감은 별반 느껴지지 않는다. 둘이 주고받은 대화는 빚진 자와 빚을 받으려는 자의

절박함과 집요함보다는 짝짓기를 위한 탐색전으로 비친다. '오늘 오후 내내 발정이 난 짐승처럼 그녀를 쫓아다니지 않았던가.' 추격전에 마침표를 찍는 여자의 말은 "끈질긴 구애활동에 제가 항복하지요."다. 여자의 정체를 안 순간, 주인공은 '늙은 보스와 사는 그녀를 다시는 보지 못할 것이라는 생각이 들자 슬픔이 눈물처럼 솟아오르며' 자신의 말이라는 걸 절절히 자각한다. 결국은 더 어린 암컷과 재물, 권력을 얻기 위해 뜀박질하는 수컷임을 깨달은 셈이다.

소설의 시작에서 일자리를 잃은 남자는 숲으로 간다. 숲의 소리에서 안도감을 얻는다. 수풀에서 잠자는 말, 말이란 불린 사나이는 숲에서 평안을 얻는다. 말은 질주가 아닌 '멈춤'에서 평온하다. 동물動物의 속성인 '움직임'을 지운 자리, 식물로 가득한 숲에서 평온이 찾아든다는 점이 인상적이다.

다만, 이 소설은 너무 '말'에 묶여 있다. 주인공이 말과 닮았다는 것을 강조하기 위해 말馬의 특징이나 말과 연관된 것이 다소 많이 등장하여 어떤 의미에서는 작위적이란 인상을 준다. 말馬의 동음이의어인 '말言'을 이용한 말놀이가 등장한다. 주인공의 직업이 작가로 설정되었으니 '말'과 '말'의 다른 쓰임새에 대한 탐구로 이어졌다면 어땠을까, 상상해본다.

말이라 불린 남자

삶이 나아질 조짐이 안 보이자 나는 무작정 숲으로 갔다. 관목 숲을 지나고 입산금지 팻말을 돌아 발길 드문 산길을 타고 쉬지 않고 걸었다. 숨이 턱에 차올랐다. 방구석에 처박혀 지낸 실업의 나날들. 핏줄을 타고 흐르는 분노와 상실감에 지쳐 들개처럼 헐떡거릴 즈음, 나는 사람이 없는 계곡으로 내려가 좀 더 깊은 숲으로 들어갔다. 누구에게나 자신만이 아는 비밀스런 숲이 있을 것이다. 삼나무, 편백나무, 전나무, 귀룽나무, 신갈나무가 소나무와 어울려 군락을 이룬 그곳에 앉아 나는 계곡을 따라 흐르는 물, 바람, 새소리를 들었다. 생명의 근원에서 들려오는 숲의 소리들은 내 마음의 상처를 어루만지고 달래주었다. 햇볕이 나뭇잎 새로 반짝이며 바람을 체에 쳐서 날려주는 숲에서 나는 아무 생각 없이 평일 오후 몇 시간씩 죽치고 앉아있었다. 인간이라는 종이 사라지더라도 숲은 남아 있을까. 나는 나무와 풀 향기에 위로를 받았다. 나무들은 바람을 맞으며 깊은 계곡에 서 있었다. 단 한번 주어진 생에서 내가 사라진 후에도 그들은 언제나 그곳에 있을까. 모든 생명이 시작되고 끝을 맺는 그곳, 이승.

　내성적인 나는 말이 없었다. 제대로 말을 배우기 전에 나는 누군가에게 등짝을 얻어맞기 일쑤였다. 울면 울었다는 이유로 더 세게 뺨을 맞아야 했기에 나는 울음을 삼키는 법을 배웠다. 폭력이 국가차원에서 용인된 시절에는 중 고등학교 선생들의 체벌은 일상사였다. 군대에 가서도 맞지 않으면 밤에 불안해서 잠을 잘 수가 없었다. 점호가 끝나면 으레 기합으로 몸을 풀어야 잠을 자는 고참병들이 있었다. 이날 이때까지 나는 세금을 꼬박꼬박 내고 먹고 살기 위해 돈벌이가 될 만한 일을 찾았다. 내 가슴 안에는 풀이나 수염처럼 말이 자라고 있었다. 한때 마구 도망치는 고삐 풀린 말이었던 나는 시간이 흐르자 길들여졌다. 그 말을 길들이고 웅크리게 만든 자는 그 누구도 아닌 나였다. 아무것도 주는 것 없이 세금만 걷어가는 정부를 증오한 적이 있다. 군대 제대 후 세상 위계질서에 적당히 길들여진 나는 뒷골목이나 숲길로 숨어 다녔다. 나는 내가 누구인지 몰랐다. 내가 무엇을 원하는지 어떻게 살아야 하는지 알 수 없었다. 이따금 내 안에 존재하는 수풀에서 잠자는 말의 질주본능을 깨우고 싶었다. 내 안에 숨은 말을 꺼내

쓰고 달리게 하고 싶었다. 한번 길들여진 말은 늘 야생을 꿈
꾸기 마련이었다.

　나는 말이 되어 그녀 집 앞에 서 있다. 518번이 사는 양옥
집은 문이 잠겨있다. 수습기간 첫날 내게 할당된 추심번호는
518번이다. 우편함에는 각종 공과금 따위 우편물이 넘쳐나고
문 앞에는 배달된 신문이 놓여있다. 정적이 내려앉는다. 인터
폰을 몇 번 누르다가 잠복하며 기다리기로 한다. 나는 범인을
잡으러 나선 형사라도 된 기분이다. 종아리 근육을 스트레칭
하고 기지개를 켜고 나자 몸이 긴장하기 시작한다. 발꿈치로
흙바닥을 공글리며 단독주택 골목에 서서 채권번호 518번을
기다리기로 한다. 운동화 끈을 당겨 묶는다. 달리는 일이라면
자신이 있다. 학생시절 마라톤 선수였기 때문이다. 518번 채
무자를 내게 배당한 보스는 돈 버는 일에 동물적 감각을 가진
조련사였다.

　"한 달 전쯤 이 여우가 말 한마디 없이 사라졌어. 핸드폰 번
호도 바꾸고 말이야. 말로는 씨알이 안 먹히니 찾아가서 아예
아작 내버려."

　사돈의 팔촌 친척인 보스가 518번 서류를 내게 주며 말했
다. 갑자기 왜 사라졌냐고 내가 묻자 보스는 아주 간단한 이
유를 말했다. 돈이 싫어졌기 때문이지. 알다시피 돈이란 손에
넣을 땐 꿈속이고 갚을 땐 지옥이 따로 없잖아. 그는 심드렁

하니 내뱉었다. 518번이 정말로 돈을 미워했는지는 확실하지 않다. 다만 빌려간 돈 때문에 518번이 감당해야할 생활에 어떤 염증이 생겼으리라. 돈 냄새를 맡은 강도처럼 덤비는 추심원이 징글징글했으리라. 나는 돈을 싫어하는 인간을 본 적이 없다. 나 역시 늘 부족하지 않았던가. 필요한 돈을 벌려면 인면수심이 되어야 한다고 보스는 입에 거품을 물었다. 하물며 돈을 빌려가고 잠적해버리는 악성 채무자에게는 피도 눈물도 없는 추격자가 뒤따를 수밖에. 보스는 추심액의 일정액을 보상금으로 내걸고 추심원을 모집하여 실적을 올리게 만들었다. 오랜 골방생활 중 외출을 감행한 나는 햇빛을 보자 어지러웠고, 그때 지구가 돈 때문에 더 빨리 돌아가는 것이 아닐까 심히 걱정하였다. 그 시절 방안에 웅크리고 누운 나 역시 잘 살아보려고 돈을 빌렸다. 먹고 살아가려면 그 방법 밖에 없었다. 은행 대출금으로 방 한 칸을 마련해 봤고 마이너스 통장을 쓴 적도 있었다. 제2금융권 대출 광고에 눈길이 돌아간 적도 한 두 번이 아니었다.

"내 말이 말 같지 않아?"

보스는 내게 채무자 빚을 쫓는 말이 되라고 했다. 그것도 승부에 목숨 건 경주마. 몸이 말처럼 변하면 마음도 따라 변할지도 모를 일이었다. 사람 내면에 사는 여러 동물들 중에 특별히 말을 불러내서 그 습성을 조련시키라는 말인가. 보스는 내가 그동안 익혔던 게으른 생활습관을 버리기를 원했다. 다행히 내 얼굴은 말상이었다. 실적을 내고 일등을 해도 우승컵은 보스에게 돌아갈 것이다. 돈이 널린 이 세상에서 나처럼 돈을 못 주워 담는 사람이 문제였다. 세상 사람들을 갑을병정무기경신임계 십간 서열로 만든다면 그중에 돈을 받으러 다니는 나는 임계에 도달한 것일까. 임계에 이른 자들이 은행에서 돈을 빌린 후 갚지 못한 채권이 2차 시장에서 헐값에 대부업체로 넘어오면 보스는 신이 나서 그 채권에 살인적인 연체이자와 법정비용까지 청구하였다.

"열심히 뛰어 보라고."

뛰어다니는 만큼 돈이 만져지니까. 앞으로 한 달 동안 이 일이 자네 적성에 맞는지 두고 보겠어. 잘하면 정규직이 될 수도 있어. 보스의 오른팔이자 운전기사인 너구리 김 부장이 내게 말했다. 정규직이라니. 정규직 소리에 '필'을 받은 나는 이 세상에서 먹고 살 돈을 벌기 위해 버려야 할 버킷리스트를 떠올렸다. 모든 지식과 문학과 예술과 더불어 인간성을 버리자 종내에는 돈 버는 기계가 남았다. 사람이 아닌 인공지능이나 노동기계인간을 떠올릴 때마다 나는 삼나무 숲을 찾아갔다. 여러 직업을 전전하며 몸에 밴 기름 냄새와 돈 냄새를 삼나무가 뿜어내는 피톤치드로 씻어내기 위해서였다. 직업능력개발원의 직업정보에 따르면, 이 일은 사람을 상대하는 대인

관계능력이 뛰어나야하고 돈을 받아내기 위한 인내와 끈기가 필요하다고 하였다. 그러나 나는 그들이 말하는 '관습형과 진취형의 흥미를 가진 사람'이 아니었고 게다가 '자기통제 능력, 정직성, 독립성 등의 성격을 가진 사람'은 더 더욱 아니었다. 다만 나는 잘 팔리는 책을 쓰는 작가가 되기 위해 최저생계비가 필요했다. 소설 600그램이 얼마나 하는지 내 알 바가 아니었다. 피 묻은 한 근 고깃덩어리 같은 글이 소중했을 뿐이다.

"그걸 말이라고? 입에서 나오면 다 같은 말인가? 말이 돼야 말이지."

여하튼 나는 보스 말처럼 말이 되었다. 추심 일을 시작하기 전 나는 하이에나가 되고 싶었다. 무슨 일을 시작하면 뒤끝이 흐지부지한 탓이었다. 피 냄새를 맡고 그 뒤를 쫓는 일은 하이에나가 제격이었다. 누구라도 걸려들면 목덜미를 물고 늘어질 것이라 작심하였다. 더불어 아직 사십대, 일을 찾아 헤매는 구직자 신분으로 죽기에는 아직 살날이 창창했다. 다니던 회사가 부도나서 직장을 잃자 밀려드는 공과금과 눈칫밥에 시달리고 있을 무렵이었다. 더 이상 물러날 곳이 없어 공사판이라도 나가야했다. 재주가 없어 노가다에서도 써주지 않았다. 더 이상 떠밀려갈 곳도 없었다. 결국 나는 빚을 받아오는 일을 시작했다. 내 첫 번째 말먹이가 될 추심번호 518번의 이름은 이사하였다. 삼십대 초반 여자가 빌려간 원금 천만 원은 연체이자와 더불어 이미 두 배로 부풀어 올랐다. 채무를 받아내면 10% 인센티브를 주겠다고 보스가 말했다. 한건에 무려 이백 만원이었다. 보스는 내게 사진 한 장을 주며 자초지종을 설명했다. 연예인처럼 생긴 사진 속 여자는 미소를 짓고 있었다. 외제차를 배경으로 서있는 여자는 편안해 보였다. 보스 설명대로라면 사진 속 여자는 전에도 돈을 빌리고 습관적으로 떼어먹은 상습범이었다. 도대체 언제 갚을 거냐고 보스가 물으니, 돈 생기면 알아서 갚을 테니 다시는 전화하지 말라 쏘아대고 여자는 전화를 끊었다.

"이 여자 말로 해선 안 되겠어. 이 사건을 연습 삼아 해결해보게."

보스는 내게 문제를 내었다. 나는 보스가 내어준 518번 연습문제를 풀기 위해 북한산 구기터널 언저리 산동네 골목 어귀서 어슬렁거렸다. 아니나 다를까. 518이 나타났다. 나는 나무 등걸 뒤로 숨는다. 멀리서 걸어오는 그녀는 아름답다. 눈이 부셔서 오히려 눈살을 찌푸리게 만드는 여자였다. 그녀는 보스에게 외제차를 담보로 돈을 빌렸다. 그녀가 사는 주소지를 나는 어제 답사를 했고 이틀이나 그녀를 기다렸다. 네 시간쯤 잠복한 뒤였을까. 등산복 차림의 여자가 문을 열고 계단을 내려왔다. 추심자인 나는 여자에게 접근한다. 히히히힝 푸르르르. 말처럼 몸을 흔들며 드디어 마수걸이에 뛰어든다. 여자는 등산복 차림에 머리를 묶고 있다. 518에게 나는 돌진한다.

"미래신용에서 돈 받으러 왔습니다."

여자는 힐끗 돌아보더니 내 손을 뿌리치고 둘레길 방향으로 달리기 시작한다. 예상했던 일이라 나는 그녀를 따라 달리기 시작한다. 여자 하나 못 이길까, 가볍게 달린다. 예상보다 여자는 빠르다. 100미터 쯤 언덕이 끝나는 지점에서 나는 다리가 풀리기 시작한다. 300미터를 달리고 여자는 언덕 꼭대기에서 나를 내려다본다. 핸드폰을 귀에 대고 전화를 걸고 있다. 나는 숨이 목에 차서 헉헉거리며 올라가 20미터 이내로 접근한다.

"내 말 좀 들어봐요. 무작정 도망간다고 일이 해결된다고 생각해요?"

518은 다시 달리기 시작한다. 장거리 달리기라면 나도 자신이 있다. 최근 마라톤 대회에 나가서 비록 완주는 못했지만 반환점은 돌았다. 나는 한때 말이라고 놀림을 받던 사내였다. 종아리가 굵고 다리 힘이 좋았다. 잠자리에서도 말처럼 달렸다. 축구를 하면 두 게임 정도는 가볍게 뛰었다. 평지에서는 빨랐지만 여기는 산이다. 여자는 언덕을 돌아 북한산을 넘어가고 있다. 이마에 맺힌 땀이 목덜미를 타고 흐른다. 나는 목덜미 갈기를 휘날리며 달리는 말로 태어나야 한다. 그러나 여자는 더 빠르다. 언덕길을 바람처럼 가로질러 달려간다. 잠깐 서서 얘기 좀 하자고 소리 질러도 그녀는 가끔 뒤를 돌아다보고 적당한 거리를 유지할 뿐이다. 그녀는 돈으로부터 도망치는 중이다. 바람이 불었다. 바위 너머로 소나무 숲이 보였다. 나는 솔향기와 송진 냄새가 반가웠다. 여자에게 소리를 질렀다.

"잠깐, 거기 나무 아래에서 조용히 얘기 좀 해요."

산을 오르기 전에 나는 그녀를 붙잡아야 했다. 이번 일을 처리하지 못하면 수습 첫날 다시 실직하게 될 것이다. 최소한 여자의 이야기를 듣고 빌린 돈을 상환할 방법을 찾아 봐야 하지 않겠는가. 실적 올리기에 급급한 은행이 돈 갚을 능력이 떨어지는 이들에게 신용대출이랍시고 대출해주면 늘어나는 건 부실채권이었다. 은행은 대출가이드라인에 맞추기 위해 악성채권을 대부업체에 헐값에 팔아넘긴다. 내가 숨을 고르고 산으로 올라가자 여자는 가이드처럼 앞장을 서서 걷기 시작한다. 내가 뛰면 여자도 뛰고 걸으면 여자도 걷는다. 간격이 좁혀지지 않는다. 마치 나를 훈련시키는 것 같다. 언덕을 돌아 여자 머리가 보이지 않으면 나는 사력을 다해 산길을 달린다. 머리카락이 말갈기처럼 휘날리며 죽기 직전까지 달려서 언덕 모퉁이를 돌면 여자는 어느새 다음 고개에서 나를 내려다보고 있다. 518은 산악 마라토너인가.

"아이 씨발, 이거 정말 너무 하네. 돈이나 떼어먹는 주제에 도망치는데도 선수야."

나는 숨을 몰아쉬며 여자를 노려보았다. 여자는 멀리서 나를 보며 허리배낭에서 꺼낸 물을 마신다. 돈 몇 푼 번다는 일이 이리도 목이 타고 혀가 바짝 마르도록 힘든 일이란 말인가. 당장 산에서 내려가고 싶다. 허나 불알 두 쪽만 남은 나는 오기가 생겨 지옥 끝이라도 여자를 따라 가기로 한다. 그녀가 나를 불쌍하게 느끼도록 최대한 비굴하게 외친다.

"제발 살려주세요. 힘들어 죽겠어요. 이런 유격훈련은 난생 처음입니다. 돈이고 뭐고 제발 얼굴 좀 보고 대화 합시다."

"미안해요. 저도 이러고 싶지 않아요. 그러니 돌아가세요. 아님 잡아 보시던지"

여자가 차분하게 말한다. 지친 나는 나무 등걸에 걸터앉는다. 여름을 부르는 봄바람이 불고 있다. 숲에 앉아 있어서일까, 나는 여자가 채무자라는 사실과 내가 추심자라는 사실 모두를 바람에 날려 보내고 싶다.

"지금 뭐 때문에 도망치는 겁니까?"

"플라스틱 신용 카드 한 장 때문이죠."

"갚지도 못할 돈은 왜 빌렸어요?"

"그쪽은 왜 날 따라다니는 거예요? 돈이 원수라서?"

"말 한마디로 천 냥 빚도 갚는다는데, 십 분간 휴식!"

나는 내려다보이는 도심을 향해 고함을 내지른다. 산 아래

오수에 잠긴 마을을 내려다보니 원수인 돈 생각이 구름 속으로 사라진다.

　과천 대공원 동물원에 가게 된 것은 이상한 면접 때문이었다.

　내가 갑자기 추심원이 된 것도 보스를 대면한 지난 일요일 저녁이었다. 나는 최근 20년 동안 동물원에 가본 적이 없었다. 누군들 남들이 쉬는 날 저녁에 동물원에 가고 싶겠는가. 그날 나는 면접을 보기 위해 우선 경마장을 거쳐 동물원으로 갔다. 경마장에서 오후 시간을 흘러보낸 것도 따지고 보면 보스의 권유 때문이었다. 마권을 구입한 후 사람 사이를 비집고 관람석에 들어섰다. 내가 돈을 건 7번 경주마 골든 임팩트가 초반부터 선두권을 달렸다. 말들이 트랙을 달릴 때 경마꾼들의 함성과 열기가 피어올랐다. 뒤에서 달리던 3번 경주마가 힘을 비축했다가 경주 막판에 스퍼트를 내어 다른 말들을 추월하였다. 몬순계인 3번 칭기즈 칸 다루마가 결승점을 통과하는 순간 그 열기가 최고로 달아올랐다. 일초 뒤, 불에 달군 쇠가 찬물에 가라앉는 듯 한 탄식이 관람석 여기저기서 터져 나왔다. 나는 경마장을 나와 동물원으로 가려고 지하철역으로 걸어갔다. 동물원 옆 경마장도 둘러보라고 한, 핸드폰을 통해 들리는 그 목소리 주인공이 누구인지 나는 몰랐다. 나는 그의 이름도 직책도 물어보지 않았다. 그에게 동물원에서 오후 여섯시에 보자고 했을 뿐이었다. 돌아가는 상황에 대해 자세히 물었어야 했다. 나로서는 미래신용캐피털이라는 회사와 동물원이 어떤 연관이 있는지 의문스러웠다. 그런데 동물원이라는 말을 듣는 순간 이상하게도 마음이 편안해졌고 긴장이 풀렸다. 나는 회사이름과 다르게 동물원이나 경마장과 관련된 일을 하는가보다 생각했다.

심한 황사가 몰아쳤다.

뿌연 바람 때문에 주변이 어둡고 쌀쌀했다. 점퍼 옷깃을 올리고 동물원역 입구에서 서성이며 그를 기다렸다. 딱히 동물원 어디에서 그를 만나기로 약속은 하지 않았다. 입과 콧구멍으로 날아 들어오는 미세먼지를 피해 나는 동물원 방향으로 걸었다. 구직사이트에 등록하고, 이력서를 오십 통 정도 써서 보낸 후 오직 한 회사에서 연락이 왔다. 일 년이 넘는 기간 동안 실직해서 살아보니 의욕은 꺾이고 기억력도 덩달아 감퇴하였다. 글이라도 잘 썼으면 마음에 위안이라도 삼았을 것이다. 먹고 사는 일이 발등에 떨어지니 한 근 분량 소설 대신 한 잔 소주가 위로가 되었다. 황사로 인해 동물원에는 사람보다 동물의 수가 많았다. 삼십분 정도 여유가 있었기에 우선 가까운 아프리카 관을 둘러보기로 했다. 나이를 먹을수록 사람 얼굴에는 인격뿐만 아니라 특정한 동물의 모습이 담기지 않을까. 걸어가다가 유인원 앞에 섰다. 고릴라가 혼자 서있는 나를 쳐다보았다. 가끔 소통이 필요한 사람, 거친 노동에 길들여진 사람, 고독한 인간들에게서 나는 영장류를 떠올린다. 사자를 닮은 사람, 하이에나를 닮은 사람, 늑대 같은 인간, 육식을 좋아하는 사람들 얼굴에는 주로 상위포식자인 육식성포유류 동물들이 겹친다. 굶주린 사람에게는 병든 토끼 얼굴이 보인다. 그들이 밥을 먹는 모습조차 배고픈 초식동물과 닮았다.

지나간 과거를 기억하는 자는 반추동물을 닮은 것인가.
사내를 찾아 나섰다. 사내와 동물원에서 만날 시간이 코앞으로 다가오자 나는 주위를 둘러보았다. 오가는 사람들이 멀리 한두 명 눈에 띄었다. 먼지바람은 사람들 발길을 집으로 떠밀고 있다. 한 사내가 가금류 관을 따라 걸어오고 있었다. 고개를 앞으로 구부정하게 숙인 그는 덩치가 큰 곰 같았다. 어슬렁거리며 다가온 곰은 마스크를 착용하고 나를 돌아보았다. 나는 눈을 비비고 다시 어둠 속을 바라보았다. 기린처럼 목이 긴 남자가 지나갔다. 홍학처럼 날씬한 두 다리를 드러낸 여자가 종종걸음으로 출입구 쪽으로 걸어갔다. 북서풍에 황사가 날아와서 해가 지는 하늘은 검푸른 회색빛이었다. 마스크를 안 가져온 것이 후회스러울 정도였다. 대기는 미세먼지가 가득했다. 두 시간 후 폐장한다는 방송이 스피커에서 흘러나왔다. 나는 경마장에서 차비를 제외한 남은 돈을 모두 마권에 걸어버렸다. 경마분석지의 예상과 달리 우승을 점쳤던 기

수는 꼴지를 했다. 지독한 황사 때문이었다. 미세먼지가 기수
의 기도를 타고 들어가 폐에 산소공급을 떨어뜨렸을 것이다.
아니면 단지 운이 나빴던 탓이다. 천운이라도, 이리도 뿌옇게
오염된 먼지로 가득 찼으니 좋을 리 없었다. 경마장을 나오면
서 나는 말의 질주본능을 생각했다. 왜 달릴까. 말도 자신만
아는 숲으로 도망치려는 것일까.

　이제 휴식 끝.
　518은 이제 산 정상을 넘어 계곡을 따라 내려가고 있다. 아
침밥은 굶고 점심은 채식으로 때운 터라 배가 고프다. 나는
나뭇가지를 잡고 서서 계곡 건너 여자를 바라본다. 그녀는 목
제난간에 다리를 올리고 스트레칭을 하고 있다. 나는 뭉친 종
아리를 주무른 후 다시 그녀 뒤를 따라 걷기 시작한다. 여자
의 잘록한 허리 아래 붙은 허리 배낭이 리듬을 타듯 흔들리고
있다. 허리배낭에 담겨있는 물병을 보니 갈증이 난다. 여자를
잡으려고 거의 5킬로미터를 뛰어가다시피 산행을 했다. 땀방
울이 이마에서 흐른다. 그나마 바람이 불어서 다행이다. 518
은 폭이 30미터 남짓한 계곡 건너편에 있다. 그녀는 내가 달
리면 그만큼 시야에서 멀어진다. 내가 계곡을 내려가면 여자
는 건너편 능선 오름길에 있다. 이제부터 내리막길이다. 어두
워지고 있다.
　"저기요, 같이 내려갑시다."

"네. 오세요."

518은 대답하며 웃고 있다.

"너무 빨라서 쫓아갈 수가 없어요. 좀 천천히 갑시다."

"그런 체력으로 이런 일을 할 수 있겠어요?"

"네. 하다 죽어도 할 거예요. 이게 마지막 직업이라 생각하고."

"그 돈 이자까지 쳐서 줄 테니 그만 따라오세요."

"말로는 무슨 말을 못해. 지옥까지 따라가라는 보스 명령입니다."

"남자가 겨우 몇 천 가지고 쩨쩨하게 그래요. 몇 조씩 해 처먹는 놈들도 있는데……."

"말 돌리지 마세요. 하여간 돈이고 뭐고 거기 잠깐 서요."

"네. 얼른 오세요."

내 목소리는 늦은 오후 지친 메아리로 돌아올 뿐이다. 나는 일부러 천천히 걷는 여자를 향해 걷기 시작한다. 오늘 나는 여자를 잡을 수 있을까. 막상 여자를 잡아 대면했을 때 나는 무슨 말을 해야 할까. 여자를 몰아세우며 돈 내놔라 억박지를 것인가. 나는 돌멩이를 골라 발로 차며 걷는다. 산 아래 길에 가로등이 켜졌다. 두꺼운 미세먼지 층에 산란되어 불빛은 멀리 퍼져나가지 못하고 등 주위에 머무른다. 어두운 하늘에 떠 있는 조등 같은 등불.

"말로 다 설명할 수 없으니 우선 만납시다. 동물원 오는 길에 꼭 경마장 가서 마권을 구입해서 말 산업 발전에 일조하시고."

아프리카관 비비원숭이들이 나를 구경거리로 삼은 양 쳐다보았다. 사내를 기다리던 나는 소설 소재로 삼았던 인물 오타 벵가를 떠올렸다. 아프리카 피그미족인 흑인 오타 벵가는 1904년 미국 세인트루이스 만국박람회장에 진화가 덜 된 영장류로 전시되었다. 인간의 원시 모습을 보기 위해 사람들이 몰려들었다. 키 작고 피부가 까만 스물세 살 청년 벵가는 인간이 원숭이에서 진화한 증거로 동물원 철창에 갇혔다. 벵가의 부인과 아들은 학살당했고, 그는 미국으로 끌려와 뉴욕 동물원 원숭이 우리 안에 벌거벗은 채 지냈다. 사람들이 던져주는 바나나와 가래침을 뱉은 과자를 받아먹고 연명하였다. 동물원에서는 그가 영장류이므로 문제될 것이 없다고 버텼다. 벵가가 사람이라고 주장하는 비난 여론이 들끓자 그는 겨우 풀려나 버지니아 주 담배공장에 임시로 고용되어 일했다. 그러나 이번에는 철창 밖으로 풀려난 채로 구경거리가 되었을 뿐이었다. 동물원 안이나 밖에서나 피그미 원숭이로 지낸 그는 같은 인간의 적대감과 학대를 견디다 못해 서른다섯 살에 자살했다. 나는 인간 벵가가 받았을 상처를 생각했다. 벌거벗긴 채 똥오줌을 싸며 우리에 갇힌 한 인간을 생각했다. 사람의 시선 아래 노출된 그는 인간을 향한 적개심에 불탔을 것이다. 적색 매카시즘이 나타나기 훨씬 오래 전 일이었다. 외롭게 서서 우울한 감상에 젖으니 악다문 이빨이 시렸다. 사내는 아직 오지 않았다. 나는 큰물새장으로 걸어갔다. 한 사내가 곰처럼 어슬렁거리며 다가왔다. 조금 전에 스쳐지나갔던 사람이었다. 동물원 폐장시간이 얼마 남지 않았으니 모두 퇴장할 준비를 하고 출입구로 가시길 바란다는 안내방송이 흘러나왔다. 사내는 내 앞으로 와서 악수를 청했다. 나를 압도하는 덩치였다.

"박 선생이십니까?"
사내의 목소리는 굵은 저음이었다.
"네, 처음 뵙겠습니다."
커다란 그의 왼손이 내 오른손을 감싸며 잡았다.
"제 명함입니다."
그가 건네준 명함에는 미래신용캐피털 대표이사 이름 위에 곰 모양이 그려져 있었다. 사장을 만나 동물원에서 면접을 보는 것이 이상했지만, 나는 그를 따라 걸어갔다. 초식동물이 있는 나무울타리를 지나갔다. 텅 빈 동물원 길을 나는 과나코처럼 걸어갔다. 나는 역류성 식도염을 앓고 있었다. 반추동물처럼 쓴 위액이 넘어왔다. 꽃사슴 처녀와 염소영감이 까만 눈을 동그랗게 뜨고 되새김질 하고 있었다. 나는 흑곰을 닮은 보스와 동물원에서 독특한 야외면접을 하기로 했다.

"이력서를 보니까 동물자원학과 나오셨네요."

날카로운 쉰 목소리가 귀로 들어왔다.

"네. 사실은 중퇴했어요."

내 목소리는 기어들고 있었다.

"자퇴건 중퇴건 그런 건 중요하지 않아요. 동물적인 본성만 살아있다면."

동물 본성이라. 사람도 동물인데. 내 안에 사는 짐승을 말하는 것인가. 여러 생각이 떠올랐다.

"무슨 일을 해야 하는데요?"

무슨 일이라도 해야 했다. 설령 일용직이어도 이번에는 반드시 무슨 일이라도 하겠다고 작심한 터였다.

"살면서 얼마나 많은 양의 풀을 먹어대야 하는지, 생각해봐, 반추하는 턱 근육이 얼마나 피곤할지."

흑곰은 내게 반말을 하고 면접과 상관없는 이야기를 했다. 먹이사슬 맨 아래에서 먹고사는 나를 생각하며 흑곰을 따라 걸었다. 도대체 어떻게 생겨먹은 사람인가. 동물원에서 면접을 하다니. 속이 부글부글 끓어올랐다.

"곰과 사람의 차이가 무엇이라고 생각하나?"

대답할 겨를도 주지 않고 흑곰이 스스로 답을 했다.

"돈이지. 곰은 재주를 부릴 줄만 알지 돈 쓸 줄 모르거든."

518번이 사라졌다. 뒤태를 보이던 여자가 계곡 끝을 벗어나 사라졌다. 나는 허리띠를 잡아 올리고 주변을 둘러보았다. 중년 여자 등산객이 초췌한 나를 흘겨보며 지나갔다. 사십 이후 얼굴은 자신이 살아온 인생사를 담고 있다지 않는가. 사십이 지났어도 여전히 잘 살아보려고 나는 발버둥을 쳤다. 언덕을 돌자 518이 모퉁이에서 기다리고 있다. 채무자 518은 빚을 갚으려고 기다리는 것인가. 오늘 추심은 끝이 날 모양이다. 실적에 따라 주어지는 성과급이 눈앞에 보인다. 기본급은 차비와 경비로 쓰고 나면 한 푼도 남지 않는다.

"끈질긴 구애활동에 제가 항복하지요."

"화는 나지만 반갑습니다."

"대단하세요. 저는 이사라고 합니다."

"대단하긴요 뭘, 그냥 돈만 주시면 돼요."

"당장 계좌로 보낼게요."

"믿어도 됩니까? 그 말 바꾸면 안 됩니다."

"말 그대로예요. 전 말만 앞세우는 사람은 싫어해요."

"말 속에 뼈가 있으시네요. 저도 입으로만 애국자 싫어합니다."

"지금 계좌이체로 보냈어요."

본사 회계 담당직원에게 확인 요청을 하자 오케이 문자가 떴다.

"제가 말 한마디 보태도 되겠어요? 당신은 합격!"

"네? 합격?"

"인간실격이 아니랍니다. 합격이라는 말뜻은 하산하면 알 게 될 걸요."

"이사하씨. 다시 만나면 꼭 붙잡을 거니까 각오하세요."

"네. 기대할게요."

518은 스스로 채무를 종결하고 멀어져갔다. 일 하나를 마침내 끝내고 성과급을 받을 생각을 하니 성취감이 잠시 생겼다. 하지만 나는 멀어져가는 518을 바라보자 잔잔한 슬픔이 가슴에 차오른다.

"말하자면 인간의 눈에는 동물이 자원인거지. 동물은 구경거리 아니면 식량이란 말이야. 동물이 숨어 살 땅은 없어. 인간이 사는 땅에서 동물들은 결국 동물원에서나 보게 될 거야."

벤치에 나란히 앉은 흑곰은 이빨을 드러내고 말했다. 침이 튀었다.

"동물의 세계에서 약육강식이 지배하듯 인간세상도 승자독식일 뿐이야. 동물은 먹을 만큼 사냥하지만 인간은 잡고 싶은 만큼 잡아 죽이고 끝장을 보는 거지."

"채권 추심하는 일이 짐승들하고 무슨 관련이 있나요?"

"돈을 빌려가서 갚지 않는 것들을 사람으로 보면 안 되지. 그런 것들은 하등동물이란 말이야. 발가락 사이에 낀 때 정도로 생각하라구. 일테면 늑대처럼 살점을 물고 늘어지라구. 그

정신으로 도망치는 채무자 뒤를 쫓는 거야. 힘이 돈을 만들고 그 돈이 더 큰 힘을 가져다주는 거야. 권력을 갖는다는 것은 통행세를 걷는 것과 같지. 그리고 무엇보다 돈을 빌렸으면 갚아야지. 유전무죄고 무전유죄지. 안 그래?"

나는 사내와 일요일 저녁 동물원 구경을 하려고 일어섰다.

"경마장에 들렀다 왔는가?"

덩치가 물었다.

"잠깐 들러서 왔습니다."

"나는 말을 좋아한다네. 초식동물 중에서 말이 최고의 동물이지. 우린 모두 마권을 흔들며 소릴 지르거나 탄식하는 인간들이지. 나는 경주마 같은 사람과 같이 일하고 싶어. 알겠나?"

"달리는 말을 보자 저도 모르게 소리를 지르게 되더라고요."

나는 경마장에 다녀온 소감을 말하며 흑곰을 정면으로 바라보았다. 햇볕에 그을린 붉은 갈색 얼굴은 수염이 무성하였다.

"스스로 만든 세계에 갇힌 동물이 인간이야."

흑곰이 말했다. 해가 기울며 남긴 커다란 흑곰 그림자가 나를 압도하고 있었다.

"자신이 갇혀있기에 다른 생명체를 잡아가두는 거야. 초원을 달리는 말을 길들여서 사육하는 것도 이익이 되기 때문이지. 남녀 사이도 마찬가지야. 사랑도 결혼도 서로 잡아 가두는 거지."

"돈과 경쟁이 이 시대의 요체 아닌가요?"

"돈은 사람 사이를 부드럽게 만드는 윤활유지."

흑곰이 자랑스럽게 말했다.

"돈이 많을수록 좋은 것처럼 경쟁 또한 치열할수록 좋지. 아예 딴 생각을 못하도록 만드는 거지. 먹고살기 힘들게 만들어 놓아야 체념하게 되는 거야. 사람 모아놓고 떠들어대거나 불평불만을 늘어놓는 인간은 경찰서 오라 가라해서 차비 쓰고 시간 축내게 만들어봐. 그렇게 몇 차례 뺑뺑이 돌린 후 벌금을 물리면 다들 항복하게 마련이지."

"동물원에서 면접하는 이유가 그것이군요. 인간이 동물을 가두고 돈을 버는 법을 배우라는 거군요. 양어장에서 고기를 키워 팔듯이."

"이 친구 빠르게 배우네."

흑곰이 흥분한 어조로 말을 이었다.

"동물에게서 야생의 흔적을 지우고 야생을 그리워하며 살게 만드는 거지. 회사라는 게 별건가? 인간을 고용해서 조직에 순응하게 만들고 돈을 벌어오는 인성을 일깨워주는 곳이지."

"그럼 제가 구체적으로 무엇을 해야 합니까?"

"채권추심, 시쳇말로 수금, 더 쉬운 말로 돈 받아오기. 돈을 빌려가서 못 갚거나 안 갚는 인간들에게 육식동물처럼 군림

하는 거지, 갑질을 마구 하는 거야."

"제가 이 일을 할 수 있을까요? 전 요즘 소설을 쓰거든요."

나는 흑곰의 말 사이로 끼어들었다.

"자네가 가진 그 소설 쓰는 촉, 그 동물적 근성을 높이 사네."

흑곰이 눈을 번뜩거리며 말했다.

"뭐가 문젠가? 돈이 아쉽고 쪼들린 사람에게 차를 담보로 대출해 주고 자네는 그냥 뒤처리를 하는 거야. 돈 받을 때만 인정사정 보지 말고 피도 눈물도 없이."

흑곰의 말에는 발이 달려 있었다. 한치 앞을 못 가는 내 발은 보스의 말에서 얼핏 나아갈 길을 보았던 것일까.

김 부장과 출근 첫날 약식 면담을 했다. 보스의 자칭 오른팔인 김 부장은 말라빠진 몸에 얼굴이 홀쭉하다.

"보스는 브이아이피를 지근거리에서 모셨던 비선실세야. 별이 세 개나 되지."

"별이라면 감옥에 갔다 왔나요?"

"아니. 세 번 이혼했다는 말이야. 나는 한 번도 못해봤는데. 이거 세상이 불공평해."

"저도 아직 못했는데."

"부럽지? 지금 네 번째 젊은 여자와 동거하는데 나이 차이가 서른 살쯤 나 보이더군. 그 여자 운동으로 다져진 몸매가

장난이 아니야."

"대단하시네요."

부장은 보스가 국가공무원 출신이라 배경이 든든하다는 사실을 덧붙였다.

"우리는 개인정보를 팔고 전화로 사기나 치는 놈들하곤 달라. 우린 법 테두리 내에서 일을 해. 신체포기각서나 쓰게 만드는 놈들과 비교하면 곤란하지. 물론 강물을 퍼서 사업하는 게 아니니 잠수 타는 채무자를 만나면 그냥 악마로 변하는 거야. 그 덕분에 빵에 갔다 왔지만 말이야."

"감옥에는 어떤 일로?"

"말이 육 개월이지 빵에서 썩은 시간은 육 년 같다니까. 떼어먹은 원금과 이자를 갚지 못한 채무자 차량에 가압류 딱지를 붙여야했어. (부장이 말한 채무자의 별명은 여우였다.) 꼬리를 감추고 도망치는 여우를 당해낼 수 없었지. 사는 집 현관에서 마주친 여자는 잠깐 돈을 가지러 간다고 집에 들어간 후 나타나지 않았어. 나는 정중하게 문밖에서 세 시간을 기다렸는데. 그녀에게 전화를 걸어도 통화중이거나 아예 전화기가 꺼져있었지. 인터폰을 눌러도 응답이 없었어. 여우가 사라졌다고 보고하자 곰은 차량에 가압류 딱지를 붙이고 좀 더 기다리라고 지시했지만 난 담장을 넘고 들어가 안방에 숨어있던 계집을 찾아서 열나게 팼어. 신고 받은 경찰이 올 때까지. 그날 저녁 유치장에 온 곰은 여우문제는 자기가 아는 분에게 손을 쓰면

된다고 말했지만 결국 육 개월 실형을 살았지. 보스말만 믿어
선 안 돼."

　하고 싶은 말도 제대로 못하고 518을 보낸 나는 계곡을 따
라 북한산을 내려간다. 북한산성 매표소를 지나 어둠이 깔린
버스 정거장으로 걸어가는데 김 부장이 기다리고 있다. 불광
역 근처 고기 집에 보스가 기다리고 있다는 전갈이다. 보스를
만나서 오랜 만에 소고기를 구워먹는다. 한때 나 역시 신용불
량자였기에 보스가 파산이나 개인회생을 말할 때 가슴이 뜨
끔했다. 실업자 생활에 마침표를 찍고 마침내 직장인 첫길로
접어드니 술 한 잔이 간절했다. 보스가 중국산 고량주를 시킨
다.

　"수고했으니까 독주나 한잔 하세."

　목이 마른 나는 50도에 달하는 독주를 연거푸 들이켰다.

　"다음 면접은 한밤중에 공동묘지에서 봐야겠어."

　보스는 웃으면서 말했다.

　북한산 숲에서 멀어진 후 다리는 풀리고 몸은 천근만근 추
를 매단 것처럼 무겁다. 몽롱한 채로 생각하니 지금 내게 남
은 것은 과거라는 유령의 숲과 현재라는 악몽의 숲뿐이다. 하
긴 더 이상 나쁠 것도 없지 않은가. 미래라는 행복한 숲을 만
나러 가야지. 좋은 날 오면 유령도 악몽도 사라지겠지. 나는
다짐하듯 중얼거린다. 독주와 소주를 섞어 마시니 정신이 혼

미했다. 저절로 떨어지는 고개를 드니 보스는 없고 난데없이
웬 흑곰 한 마리가 건너편에 앉아 있다.

　말없이 웃는 보스 옆으로 낯익은 여자가 앉는다. 보스 이마
에 개기름이 번들거린다. 보스가 518을 불러 온 것일까. 518
과 보스는 무슨 관계일까. 여기에는 웬일로 왔을까. 나는 눈
앞에 벌어지는 말이 안 되는 광경에 멍청한 당나귀가 된 기분
이 든다.

　"자네는 합격이야."

　보스가 말했다.

　"김 부장, 내일 아침부터 당장 정직원으로 함께 일하도록
하지. 근무조건은 내일 다시 얘기하도록."

　보스는 기분이 좋아 보인다. 부장은 입이 나와 있다.

　"저도 임시직 오년 만에 정규직이 됐는데 너무 빠른 거 아
닙니까?"

　김 부장이 볼멘소리를 하자 보스는 눈을 치켜뜨고 노려본
다. 빌어먹을 놈인지, 비루먹은 말인지 분명치 않게 중얼거리
며 보스가 주먹을 꽉 쥐고 식탁을 내리친다. 술잔이 엎어지고
거친 말이 튀어 오른다.

　"말이 부장이지 너는 내가 부리는 머슴이나 다름없어. 병신
같은 새끼들이 시키는 일도 제대로 못하면서 더럽게 말이 많
아."

"사람 취급 좀 받았으면 말입니다."

김 부장이 보스의 심기를 긁으며 말했다. 김 부장이 소매를 걷자 팔뚝을 감고 있는 비쩍 말라빠진 용이 한 마리 보인다. 보스가 화를 내기 시작한다.

"이런 놈은 하나도 남김없이 쓸어버려야 돼. 지금 세상이 어떤 세상인데 힘자랑이야?"

말 나오기 무섭게 떡 벌어진 어깨들 셋이 김 부장을 끌고 갔다. 순식간에 벌어진 일이라 다리가 후들거린다. 아무 일도 없었다는 듯이 보스는 내 손을 부여잡고 말한다.

"일을 시작하기 전에 부르기 좋은 별명을 하나 주겠네. 보아하니 튼튼한 다리로 일 좀 하게 생겼어. 자 이빨을 보여 주게."

입술을 벌린 나는 앞니를 가지런히 드러낸다.

"입을 크게 벌려. 어금니를 보게."

나는 덜덜 떨리는 입을 한껏 벌려서 어금니를 보여 준다.

"이가 고르게 난 편이군. 그런 이빨로 추심을 하면 누군들 돈을 토해내지 않겠는가. 자네는 이제부터 스텔리온이야. 낮에 보여준 끈질긴 정신으로 돈을 받아오게. 우리 회사 정식 직원이 된 것을 축하하네."

보스가 화장실로 가고 나는 말없이 앉아있는 518을 쳐다본다.

"이사하씨. 이렇게 살아도 되는 건가요?"

나는 518에게 묻는다.

"말세니까요. 종말이 오고 있어요."

엉뚱한 말이 돌아온다.

"종말론자이신가요?"

나는 다시 물었다.

"아니요. 세상 돌아가는 이치가 그렇고 그래서요."

"그럼 언제 제가 다시 만날 수 있을까요?"

내가 고개를 숙이고 조용히 말하자 518이 크게 웃는다.

"정말 잘 뛰시던데. 저도 당신을 말이라고 불러도 되나요?"

계산을 마친 보스가 걸어온다. 그는 만족한 듯 트림을 하고 나서 자신의 네 번째 동거녀 518을 데리고 나간다.

내가 미처 대답할 사이도 없이 그녀는 보스의 차를 타고 내게서 멀어져간다. 점멸하는 불빛처럼 차는 멀어진다. 홀로 우두커니 서서 518을 생각한다. 늙은 보스와 사는 그녀를 다시는 보지 못할 것이라는 생각이 들자 슬픔이 눈물처럼 솟아오른다. 오늘 오후 내내 발정이 난 짐승처럼 그녀를 쫓아다니지 않았던가.

그때였다. 나는 내가 누구인지 확실히 알 것 같다. 처음으로 내가 말이라는 자각이 들었던 것이다. 말이라고 생각하자 거짓말처럼 내 발과 손은 점점 각화되어 단단한 굽이 생기기 시작한다. 나는 엉덩이 근육에 힘을 주고 똑바로 서서 오줌을 누고 거친 숨을 내쉰다. 히히히힝 푸르르르, 입김을 내뿜으며 어둠이 깔린 숲으로 난 길을 향해 달리기 시작한다. 뺨을 타고 흐르는 눈물과 콧물은 아랑곳하지 않고 발굽으로 땅을 차고 나는 힘껏 달린다. 히히히힝 푸르르르, 말의 말을 하면서.

「소금 꿈」 이렇게 읽었다 _ 이시백 소설가

갑산 가는 길

　시나브로 '분단'이라는 말은 작가들 사이에서도 접하기 힘든 어휘가 되었다. 그것은 엄연히 존재하면서도 비현실적인 환상통처럼 취급되며, 그것을 이야기하는 것조차 몽매하고 헛된 일처럼 받아들여지고 있다. 지나온 세월을 반추하고 돌아보기에 워낙 당면한 문제들이 화급하고 절실하기 때문일까. 유일한 분단국의 현실에서도 그것은 아득한 과거의 후일담이거나 악몽의 연장쯤으로 인식되고 있다는 느낌을 지울 수 없다.

　타의에 의해 강제된 냉전의 이데올로기가 해방 조국의 허리를 동강내고, 그 당사자들은 이미 약삭빠른 자본의 손을 맞잡은 상태에서도 여전히 동족의 가슴을 향해 총구를 겨눠야 하는 분단의 현실은 그 논리적 모순에도 불구하고 존속되고 있다. 한반도의 골짜기마다 방기된 죽음과 이산의 사연들은

음습한 그늘에 매몰한 채 망각의 지층에 덮여가고 있는 게 또
다른 고통으로 다가온다. 그러한 갈등의 표층을 밟고 선 채
풍요와 번영만을 욕망하고 있는 현실에 대해 말하는 것조차
어느 덧 구태의연한 일이 되고 말았다. 분단의 주체들은 생물
학적 수명을 다하여 가을 풀처럼 시서늘하게 사라져가고, 그

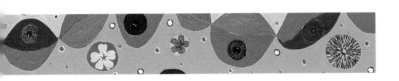

고통과 회한마저 굳은살이 박여 채 망기되고 있다. 분단은 부지불식간에 타자화되고, 돌아볼 겨를조차 잃어버린 채 그 주체들의 신산한 삶과 함께 몰각되고 있다.

"소금 꿈"은 그러한 분단의 축축하고 긴 그늘을 추적하고 있다. 자칫 교조적으로 다뤄지기 쉬운 분단 문제를 가족사의 내면으로 끌고 들어와 또 다른 옹이로 응결하고 있는 지점이 신선하다. 퇴조한 이데올로기의 문제가 구시대적 유산이라면 서도, 여전히 그 족쇄에서 풀려나지 못한 분단국의 현실을 "소금 꿈"은 다다르지 못한 '갑산 행'의 아버지와, 그 유골을 부둥켜안고 살아온 어머니와, 꽃이 없는 '꽃병'이 상징하는 부성부재의 자아를 통해 한 폭의 음울한 풍경으로 보여주고 있다. 죽어도 썩지 못하며, 흙의 영면 속으로 돌아가지 못하는 선대의 좌절된 '갑산 행'이, 기망된 평온과 풍요 속에 잠든 우리들에게 밤마다 '소금 꿈'으로 침실의 방문을 두드리고 있음을 일깨운다. 그리고 서늘한 목소리로 이렇게 묻고 있다.

우리는 과연 '갑산'에 갈 수 있을까. 아니, 우리는 '갑산'을 기억하고 있을까.

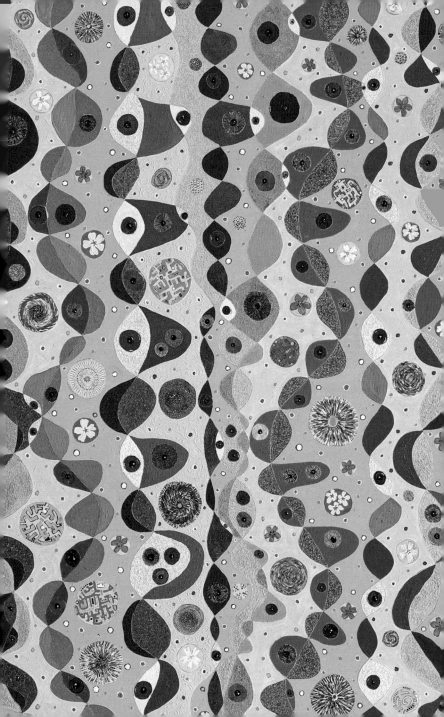

소금 꿈

　그해 첫눈이 내리던 날 어머니는 무릎 인공관절 수술 후유증으로 풍을 맞고 쓰러지셨다. 그 후 일 년이 넘도록 어머니의 뇌졸중 병치레는 가족들을 괴롭혔다. 그리고 어머니는 살아온 날들의 여정 끝에 살아갈 날들의 희망을 접고 누워버렸다. 사는 일이 생로병사의 순환이라지만 그렇게 눕는 순간 고단한 길은 끝이 나고 오히려 새로운 세계로 태어나 돌아오는 어린아이처럼 이마에 흰 빛이 감돌았다. 재활병실 침대 머리맡에서 그녀의 손발을 주무르다 졸다가 일어나면 그 미소는 이 세상의 것이 아니었다. 가거라. 어서 가라, 어머니는 성한 왼편 손을 들어 어서 가서 쉬라는 듯이 내 어깨를 쓰다듬곤 했다.

　어머니가 급작스레 쓰러지고 아버지의 기일忌日이 다가오면서 밤마다 나는 소금 꿈을 꾸었다. 고운 눈발처럼 소금이 흩

뿌려지는가 싶으면, 어느새 시야를 메운 허연 더미에 묻혀 두 팔을 허우적거리는 꿈. 아무리 꿈이라 해도 깨고 나면 금방 코피가 쏟아질 것처럼 코끝이 알싸한 소금 냄새가 이부자리 에서 배어나왔다. 머리카락은 온통 시큼한 식은땀이었다. 살 아온 날들과 살아갈 날들을 저울질하며 술잔이라도 기울인 날의 잠은 어김없이 소금기에 젖었다. "그런 꿈을 꾸면 오래 기다리던 사람이 오거나 소망이 이루어진단다." 언젠가 내 꿈 이야기를 듣던 어머니는 바람에 묻혀가듯 낮게 말했었다.

새벽, 깊은 잠을 밀어내고 일어나 앉아, 지난밤 꿈을 노트 북에 기록했다.

소금, 꿈, 그리움……. 등의 낱말 곁에 연상되는 풀이를 적 어본다. 소금 ― 짠맛, 쓴맛, 쓰린 느낌, 살아가는 일, 뿌리 내 림, 신성함. 세상의 빛과 소금. 꿈 ― 열린 창, 그러나 들여다 볼 수 없는 기억. 그리움 ― '아버지에 대한 그리움'이라고 몇 번이고 쓴다. 그리움이라는 낱말에서 꿈 풀이는 진전될 기미 가 없다. 아버지에 대하여 예리한 뿔처럼 솟아올랐던 상념들 이 오랜 시간이 흐르는 동안 마모되어버린 탓이리라. 얼굴조 차 언뜻 떠오르지 않는 아버지. 사실 아버지는 그 흔한 사진 한 장 남겨 두질 않았다. '그리움은 배반감을 낳는다'고 자판 을 두드린다. 창유리에 엷은 빛이 스며든다. 먼동이 트는 모 양이다. 기억의 수면에 맞닿은 유년이 물무늬를 이루며 번져온다. 동네 친구 녀석이 자기 아버지의 단단한 어깨 무동을 타고 나들이를 가는 날이면, 나는 사립문 앞에 모둠발로 서서 그들의 모습이 희미해져갈 때까지 바라보곤 했다. 그들이 걸어간 길은 안개가 낀 것처럼 자욱한 회색 풍경 속에 누워 있었다. 그럴 때면 허전한 가슴을 보듬고 어머니에게 달려가 아버지의 부재를 물었다.

아버지는 갑산甲山에 다니러 간 거야. 첫눈이 내리면 꼭 돌아오신다.

꿈에 그리던 갑산, 일가친척이 모여 사는 갑산, 외로운 남녘 살이 끝에 결행한 아버지의 갑산 행. 그 말을 들으면 금방이라도 아버지가 머리와 어깨에 내려앉은 눈을 털어내며 대문을 밀고 들어설 것 같았다.

이 머스마 그간 이리도 무섭게 자랐음둥.

아버지는 널찍한 품 안으로 어리광을 부리는 나를 덥석 끌어들일 것이다. 그러나 첫눈이 해를 거듭해도 기다리던 아버지는 돌아오지 않았다. 아버지는 갑산에 이르지도 못했으리라. 적어도 발 앞을 가로막는 철조망을 살아서는 넘을 수 없었을 것이다.

어느 해던가. 비가 내리는 스산한 날 저녁 무렵이었다. 아버지의 객지 친구라던 사내가 집을 다녀간 적이 있었다. 백두산 아래 혜산이 고향이라던 그 사내는 아버지와 서북청년단 활동을 같이 한 친구라며 보자기로 싼 물건을 아버지의 유품이라고 전해주었다.

미리 알았음 어찌 아니 오겠지비. 월진이라는 곳이 이리도 가까운 곳인 줄 미처 몰랐지 아이요.

흐느끼는 어머니를 달래며 사내는 말했다. 실향의 아픔을 아버지는 술로 달랬다. 가족을 버리고 객지로 떠돌다 휴전선 가까운 동해 북단 아바이 어촌에서 갑산을 눈에 그리며 아버지는 살았다. 그 양반한테 월진은 갑산보다 더 먼 곳이었을 거요. 사내의 마지막 말은 그토록 엉뚱했다. 아버지는 어느 날 갑산이 보인다면서 배를 타고 바다로 나갔다. 먼 바다, 천 길 물길을 따라 바람을 좇아 덧없이 흘러갔다. 어린 나는 상상했었다. 무모하고 기이한 아버지의 삶, 갑산 행은 그렇게 끝이 난 것일까. 사내가 돌아간 후 어머니는 아버지의 손때가 묻은 꽃병을 내게 건네주며 말했다.

명심해라, 네가 커서 일가를 이루면 아버지의 뜻을 알게 될 것이다.

언제쯤 갑산에 갈 수 있을까. 자신이 저지른 죗값을 평생 치러야 한다고. 남녘으로 내려와 살아남기 위해 남을 해코지한 일을 후회하셨지. 벌레 한 마리조차 죽이지 못하는 분이셨다. 네 아버지의 맺힌 한을 풀어줘야 하는데……

매년 기일이 되면 어머니는 사내에게서 건네받은 유품을 끌어안고 눈가를 적셨다.

유년의 어느 지점에 설령 누군가를 향해 망부석이 될 만큼 기다림이 있었다하더라도, 이미 그 기다림은 돌아오지 못할 강을 건너 사라졌다. 시간의 격류를 따라 아버지는 멀어져 갔다. 그런데 아버지의 기일이 다가오면서 부쩍 잦아진 어수선한 꿈은 무슨 까닭인지 알 수 없다. 그 뒤끝이 쓸쓸하였다. 만남이 없는 그리움은 이 세상에 없는 것이다. 그것은 진정한 그리움이 아닌 것이다.

노트북을 덮는다. 뿌리가 잘려나간 상실감이 가슴 속에서 왈칵 솟구치자 베란다 문을 연다. 차가운 아침 바람이 얼굴에 와 부딪친다. 연무가 낀 하늘을 바라보며 기지개를 켠다. 하늘엔 깨알처럼 점점이 철새 떼가 날아간다. 대오를 맞추어 멀어져가는 새떼들의 원경이 끝난 능선 위로 태양이 붉게 떠오른다. 나는 온몸에 전율이 일도록 찬물을 머리에 끼얹는다. 일가를 이루고 자식을 둔 가장이 된 이후로 불안에 쫓기는 새처럼 살면서 아버지의 뜻을 거의 잊고 지냈다. 팍팍한 현실에 가정의 안위는 물론 목숨 하나 건사하기도 힘이 들었다. 행복은 도대체 어디로 날아가 버린 것일까. 궁금했다.

병원 복도에서 나는 주치의를 만난다. 노환에다가 환자 상태가 위중하니 마음의 준비를 하라고 당부한다. 사실 중환자실을 몇 번 오고간 팔순의 어머니를 다른 세상으로 보낼 준비도 되어 있지 않았다. 의지가 약해지면 과거를 자꾸 돌아보게 되는 모양이다. 문득 대학에 다닐 무렵 아내 수하를 만났던 기억이 떠오른다. 그때도 아버지 기일이 코앞이었다. 어머니는 하루라도 빨리 며느리를 보고 내가 서둘러 일가를 이루기를 바라셨다.

다시 만나야 해요. 그 시절 수하의 목소리가 환청처럼 귓전에 울렸다. 그냥 이대로 헤어져야 해. 지나간 시간들을 잊어야 해. 만남과 헤어짐, 평형을 잃은 두 낱말의 비틀거림. 나는 도무지 한 여자의 일생을 책임질 자신이 없었다. 내게 여자의 일생이란 어머니의 불행과 동질인 셈이었다. 당장 내일로 다가온 아버지의 기일을 앞두고 그녀와 만날 약속을 한건 잘못이 아닌가. 걱정했다. 각자 다른 길을 가야 한다고 그녀를 설득했다. 나는 월진 행을 서두르기로 작정했다.

도서관 건물의 첨탑이 드러나 보였다. 교문 진입로를 따라 늘어선 상점과 술집들이 하나 둘 셔터를 올리고 있다. 진열대 유리창마다 사람들이 부산스럽게 움직였다. 골목길에는 누군가 토악질한 흔적이 남아있다.

처음 입영 통지서를 받았을 때, 나는 전쟁터로 끌려가는 어린 병사처럼 공포에 떨었다. 까닭 모를 적대감과 울분에 휩싸여 거리를 쏘다녔다. 모든 사물들은 껍데기일 따름이었다. 텅 빈 공간만이 보였다. 마른 낙엽은 포도 위를 쓸려 다니고, 나는 캠퍼스의 빈 강의실에 남아 도시를 가로질러 흘러가는 강물을 바라보았다.

회색, 보이는 것은 흑과 백이 아닌 회색이었다. 그것이 아버지의 부재에 대한 내 오랜 상념의 빛깔이었을까.

네 아버지가 이 가슴에 박은 못들을 누가 뽑아 주랴⋯⋯.

어머니는 때로 넋두리를 쏟아놓곤 하였다. 전쟁을 피해 남쪽으로 내려온 아버지는 뒤늦게 어머니를 만났는데도, 늘 북쪽에 있는 가족들 생각에 아내가 아닌 불면의 밤들과 동거했다. 더구나 한때 단란함이 물거품으로 스러진 것은 내가 태어나기도 전, 사기에 휘말려 가산을 몽땅 날렸을 무렵이었다. 꽃길을 따라 산책을 다니거나 먼 산을 바라보며 허송세월하던 아버지는, 마침내 군사 쿠데타가 일어난 뒤부터 갑산 행을 입에 담기 시작했다. 그렇다면 아버지의 갑산 행 계획은 무엇을 의미하는 것일까. 한 시절 무수한 개인사의 비극들을 떠올릴 수 있을 것인가. 나약하게 쓰러져 가는 아버지의 모습이 떠오른다.

수하를 만나기 위해 도서관 입구로 갔다. 헤어짐을 전제로 한 마지막 만남처럼 그녀와의 공백은 어디에서 비롯되었는가. 막막함이 느껴졌다. 만남과 헤어짐, 다시 평형을 잃고 비틀거리는 두 낱말 그 간격과 요원함. 나는 자조적인 기분이 들었다. 어깨에 멘 배낭을 추슬렀다. 그날 아버지의 영혼을 만나러 집으로 내려가기 위해 고작 간편한 옷가지, 세면도구, 급히 쑤셔 박은 몇 권의 전공서적뿐인 배낭이 쇳덩이를 짊어진 것처럼 무겁게 어깨를 짓눌렀다. 광장에는 축제 절정인 대동놀이를 준비하는 학생들이 무리를 지어 모여 있다. 걸게 그림과 오색 만장이 휘날렸다.

수하에게 헤어지자는 말을 내뱉고 돌아설 수 있을까. 복학을 했을 때, 동급생이었던 수하는 어느새 대학원에 다니고 있었다. 나를 둘러싼 세상이 한없이 낯설었다. 그렇게 그녀에게서 멀어지며 나는 다짐했었다. 쉽게 무너지지는 않겠다고. 백두산 그 폭설을 헤쳐 나가는 호랑이처럼 외롭게 투쟁하는 삶을 그렸었다. 그러나 수하는 나를 기다렸다. 그녀는 삼년이라는 시간이 흐르는 동안, 고무신을 거꾸로 신지 않았다. 무작정 기다리는 그녀에게 두려움을 느끼지 않았던가. 그녀의 내면 어디에서 그런 기다림이 움터 온 것인가. 나는 내 안에서 그녀를 거부하는 싹이 자라고 있는 것을 막을 도리가 없었다. 아니 나는 그녀를 절벽에라도 몰아세울 수 있었다. 한 사람의 생력生歷에서 누군가를 향한 기다림이란 무엇인가. 그것은 얼마나 부질없는 것인가. 어머니가 갑산으로 떠난 아버지를 기다리면서 숱한 세월을 인내 속에 파묻어 온 것을 나는 외면할수 없었다. 대학에 입학했을 때 나는 주제넘게도 시인이 되고자 했다. 나는 무수한 낱말들이 생명을 얻어 살아 꿈틀거릴 날들을 기다릴 수 있었다. 언어도 세상 물정과 같아서 세월이 흐름에 따라 변해 가는 것입니다. 어느 국어학자의 말처럼 사전을 뒤적이면 세상에서 궁지에 몰린 낱말들을 손쉽게 찾을 수 있다. 그것들을 빠짐없이 끄집어내어 수첩에 기록했다. 친일—일본에 호의를 갖고 친근하게 대함. 제국주의—군사적·경제적으로 다른 나라나 또는 후진 민족을 정복하여 대국가를 건설하려는 침략주의. 폭력—난폭한 힘 또는 완력. 폭력은 절대 신성이 아니므로 굴복하지 않겠다. 압제—권력, 완력, 폭력 등을 이용하여 사람의 언동을 속박하거나 강제하는 일, 굴욕, 고문, 구타, 그리고 기다림, 기다림, 기다림…….

나는 도서관 앞 공터에서 서성거렸다. 멀리 보이는 강 둔덕에서 바람꽃이 자욱하게 피고 있다. 메마른 풀숲을 들쑤시며 다가오던 바람줄기가 언덕 경사면을 타고 느릿느릿 올라갔다. 조경용 작은 대숲이 공터 한편에서 흔들리고 있었다. 나는 대숲으로 갔다. 어린 대의 밑동은 붉은 색조로 물들어 있었다. 죽창, 죽창이 뇌리를 스친다. 매국노들아, 죽음으로 저항했던 이들의 시퍼런 목소리가 대숲에서 튀어나올 것 같았다. 섬뜩한 느낌이 들었다.

시간이 얼마나 흘렀든가 수하가 내게로 다가왔다. 궁지에 몰린 단어들을 버리듯이 단호히 절교해야 할 것인가. 어쩔 것인가. 광장 쪽에서 풍물을 치는 소리가 들려왔다.

"웬 배낭? 어딜 가려고요?"

수하가 묻는다.

"내일이 아버지 기일이야."

수하에게서 떠나야 한다고 나는 다시 한 번 속으로 외쳤다. 한 번이 아니라 천 번이고 만 번이고 나는 아버지를 닮아서는 안 되었다. 수하에게 그런 상처를 줄 수는 없었다. 갑산 행을 결행한 아버지처럼 수하를 기다림 속으로 떠밀어서는 안 되었다. 두서없는 생각들이 머릿속에서 들끓었다. 나는 아버지의 얼굴을 떠올리고자 했다. 그러나 아버지는 빛바랜 액자에만 갇혀 있었다. 어머니의 말대로라면 아버지는 아무런 준비도 없이 어느 날 갑산으로 떠난 것이다. 군사 쿠데타 후 아버지는 두 번이나 감옥에 갇혔다. 어머니는 아버지가 심성이 착해서 빚보증을 잘못 서서 그런 거지 몹쓸 짓을 할 위인이 아니라고 했다. 풀려나온 후 갑산 행을 입에 담는 아버지의 눈빛에서 광기와 분노를 읽을 수 있었다.

어느 놈이 이 땅으 허리를 이 모양으로 두 쪽으로 갈라버렸음메? 가슴에 뗏장 덮이기 전에 고향에르 가서 어머이 만나야갔어. 내 고향은 그리운 갑산입지. 삼수갑산입지. 그 곳은 산골짜기가 앙이고 손꼽히는 곡창지대야. 한번이라도 갑산에르 가본 사람은 산 좋고 물 맑은 갑산으 잊지르 못할 거임메.

그러나 아버지가 찾아간 곳은 고작 갑산의 강물이 흘러드는 동해바다에 지나지 않았다. 나는 갑산에 가본 적이 없다. 그러므로 당연히도 갑산을 그리지 못한다. 아버지의 넋이 찾아 헤매는 곳. 캐캐캐캥캥캐갱캐갱캥캐캐갱. 대동제를 하는 광장에서 꽹과리 소리가 요란스레 울려 퍼진다. 나는 어깨춤을 덩실덩실 추었다.

수하의 얼굴에서 화사한 봄꽃 같은 미소가 흘렀다. 수하와 나는 잠자코 광장으로 걸어갔다. 사랑도 미움도 아닌 어중간한 상태의 감정, 그녀에 대한 내 마음의 결빙은 풀어져 녹아내릴 기미를 보이지 않았다. 광장으로 다가갈수록 풍물소리가 점점 생동하고 있었다. 수 천 년을 짓밟힌 이름 모를 들풀들의 일어섬, 가슴에 묻어둔 한의 살풀이처럼 풍물소리는 헛헛한 내 귀청을 두드렸다. 나는 배낭을 추스르며 허리끈을 바짝 조였다. 끝내 수하에게 헤어지자는 말 한마디를 못하고 돌아서야 하는가. 마당극이 공연되고 있는 광장에서는 놀이패의 걸쭉한 재담이 풀어질 때마다 폭소가 터졌다.

분단 연호가 그려진 현수막이 나부꼈다.

갑자기 내 의식에서 잊혀 가는 낱말들이 분수처럼 솟아올랐다. 누리, 가람, 새배, 뫼, 꼭두, 가멸다, 가치노을, 구실살이, 새오다, 아음, 조히…… 방학 내내 나는 방구석에 처박혀 깨알만한 글씨로 대학노트를 메우며, 무수한 낱말들을 적고 풀이 했었다. 낱말들은 서로 물고 물리며 끊이지 않는 고리에 꿰어져 있었다. 하늘 무서운 줄 모르고 두서없이 나서는 억센 낱말이 있는가 하면, 억눌리고 살아 온 서러운 낱말들도 있었다. 책 속에는 억울하게 죽었다 깨어나 부활하는 낱말들이 가지런히 누워 있었다. 나는 그것들을 끄집어내었다. 더 이상 쪼갤 수 없는 한 덩어리, 하나의 의미. 그리고 보고 싶었다. 한 점 부끄럼 없이 깃발처럼 펄럭거리는 자유로운 언어들의 세상살이를.

눈부신 햇살이 광장과 언덕 잔솔 숲 위로 풀어져 내렸지만, 코앞에 다가온 아버지의 기일 때문에 내 마음은 편치 않았다. 지금 수하와는 어떻게 해야 할 것인지, 어째서 우리는 이렇게 서먹서먹한 사이가 되어버렸는지……. 당장 그녀의 얼굴을 향해, 난 네게 어울리지 않아. 좋은 놈 만나서 행복하게 살라고, 입 안에서 맴도는 언어들을 쏟아내고 싶었다.

"진입로까지 바래다줄게."

나는 간신히 말했다.

"저도 같이 가고 싶어요."

수하가 낮게 말했다.

"무슨 말이지?"

나는 귀를 기울였다.

"아버님 제사에 저도 따라가겠어요."

나는 허리춤에 두 손을 찌르고 버티어 섰다. 수하의 얼굴을 찬찬히 들여다보았다. 푸른 하늘이 담긴 두 눈이 젖어들고 있다. 갑산을 향해 떠나가는 아버지를 보내는 어머니의 표정은 어떠했을까. 이 남쪽 땅에 어머니와 젖먹이였던 나를 두고 떠난 아버지는 십 리도 못가서 발병이라도 났어야 했다. 지금도 아버지의 혼은 갑산으로 떠나가고 있는 것은 아닌가. 배낭을 맨 채 나는 그런 상상을 했다. 허나 나는 결코 아버지처럼 갑산 행은 하지 않을 것이다. 이 땅의 낮, 어둠을 등대처럼 밝혀주는 수많은 낱말들을 부둥켜안고 살아가리라. 다짐했었다.

수하의 말은 단호했다. 나는 숨겨진 의미를 파악하느라 허둥대었다. 한때 나는 수하와의 어설픈 감정을 허물기 위해서는 그녀를 훔치는 수밖에 없다고 생각한 적이 있었다. 단지 치졸한 욕망 때문이었다. 수하의 몸을 훔치다니?

속물근성, 행복론, 아부, 처세술……. 이제 사회생활 관록이 붙기 시작한 친구들과의 술자리에서 뱉어지는 말들이다. 그들에게는 만학도인 내가 대열을 벗어난 별종으로 보였을 것이다. 나는 그런 말들을 사멸시키고 싶다고 술에 취해 고래고래 악을 썼다. 그러나 그들보다 내가 어쩌면 더욱 철저하게 속물이 되고 싶었는지 모를 일이었다. 수하가 돈을 찾으러간 사이 나는 도망치듯 터미널로 발걸음을 옮겼다. 수하에게 내가족사의 우울한 기억을 남겨주고 싶지 않았다.

아버질 닮아가고 있구나.

어머니는 가끔 역정을 냈다. 세상일에 나서서 정면 대결을 회피하고 아집만 내세웠던 아버지. 매표구로 걸어갔다. 주위가 한산했다. 창구 안의 여자 매표원은 잠에 취한 얼굴이었다. 지폐 한 장과 잔돈을 미리 세어 들이밀었다.

"월진!"

"학생이에요?"

승차권을 끊어주는 대신 매표원은 내 차림새를 보며 물었다. 나는 잠자코 다시 지폐 한 장을 창구로 디밀었다.

"학생 맞아요. 두 장 주세요."

누군가 대답을 했다. 수하였다. 어느새 그녀는 나를 뒤쫓아 온 것이다. 난감했다. 시계를 보니 차시간은 아직 멀었다. 나는 수하를 가까운 해장국 집으로 데려갔다.

답답해진 나는 그녀를 향해, 한 순간의 만남 한 순간의 헤어짐이 무슨 소용이 있겠느냐고 버럭 소리를 질렀다. 그간 우리의 만남이 무엇을 의미했던가?

"헤어짐은 무엇을 의미하죠?"

수하의 얼굴이 서글퍼 보였다. 그것은 도덕적인 편견에 따라 다르다고 나는 일축했다. 도덕적인 편견, 그건 억지였다. 나는 그녀에게 아버지에게서 느낀 배반의 감정을 퍼붓고 있는 것과 다름이 없었다.

"저를 떼어놓고 혼자서 갈 수 없을 걸요."

나는 고개를 들고 수하를 보았다. 문득 어머니의 젊은 시절 목소리가 수하의 목소리를 닮지 않았는가 하는 엉뚱한 느낌 때문이었다.

"좋아. 여행은 기분전환이야. 월진에 내리자마자 다시 올라가."

　버스는 내달렸다. 버스가 도심을 빠져나가자 나는 이상할 정도로 설레었다. 수하 때문만은 아니었다. 물론 그녀와 나의 동행은 어떻게 정의 내릴 수도 없었다. 오랜 시간 닫아두었던 빗장이 열리고 어두운 문안으로 따스한 햇살이 밀려들어오는 느낌이었다. 나는 편안한 잠속으로 빠져 들어갔다. 부드러운 꿈결에 하늘을 떠다니는 꽃나무들을 보았다. 그것들은 뿌리 내릴 땅을 찾아 헤매고 있다. 이가 시릴 정도로 희디 흰 소금 언덕이 보였다. 떠도는 뿌리 하나가 소금더미에 내려앉고 나무가 자란다. 거대한 나무. 가지를 뻗고 잎을 내며 이내 꽃망울을 만개했다.

　차체의 요동에 몸을 뒤척이다 눈을 떴다. 수하는 차창을 통해 어스름한 저녁 빛이 드리운 먼 들판을 바라보고 있다. 수하에게 미안한 느낌이 들었다. 수하가 창밖 풍경에서 눈을 뗐다.

　"이상한 일이야."

　"뭐가요?"

　"꿈을 꾸면 소금이 보이거든."

　"소금이?"

　"그래."

　"세상의 빛과 소금이 되라. 좋은 일이 생길 거예요."

아무래도 상관없다. 버스가 멈췄다. 월진, 이 작은 도시는 변한 것이 없었다. 거대한 서울에 비해 초라하고 보잘 것 없지만, 월진은 내게 처음 사람의 뿌리를 내리게 만든 고향이었다. 휴전선이 가까운 어머니의 고향이지만 월남했던 아버지가 처음 흘러들어온 곳이었다. 그리고 이곳은 아버지에게는 낯선 타향이었을 것이다. 발길에 어둠이 채였다.

시계를 보았다. 열시 이십분. 수하를 올려 보내기에는 이미 늦은 시각이었다. 막차는 십분 전쯤에 끊어졌다. 수하와의 선부른 동행이 후회되었다.

"여기서 자고 내일 올라가."

서둘러 여관방을 잡아주고 수하에게 다짐을 받았다. 불량배가 주위에 있을지 모르니까 문단속을 하고 자라고 일러준 후 돌아서려는데, 수하가 평소보다 분명히 허둥대는 내게 나직이 그렇지만 명확하게 말했다.

"가지 말아요."

그때서야 나는 그녀가 검은 밤을 그리고 낯선 곳을 무서워하는 여자라는 사실을 깨달았다.

"내일은 제살 모셔야 돼."

"아버님 얘기를 듣고 싶어요."

내 모든 기억을 참깨 털어내듯 쏟아내도 아버지에 관한 일들은 옳게 말할 수 없었다. 등 뒤에서 쿵하는 소리가 울리며 방문이 저절로 닫히고 배낭의 무게를 감당하지 못하고 나는 자리에 주저앉았다. 아버지는 피상의 세계에 있었다. 아버지가 걸어간 허망한 삶의 궤적. 갑산 행을 떠난 후 돌아오지 않았다. 서북청년단원에 가입하고 살아남아 동족끼리 죽이는 살육에 치를 떨었을 것이다. 어쩌면 어머니는 그 모든 비밀을 알고 있으리라는 생각이 든다. 어머니 가슴에 칼날 은빛을 남겨둔 아버지였다. 그리고 내겐 커다란 상실감 그 자체였다. 내가 아버지를 떠올릴 수 있는 유일한 것은 죽음의 소식과 함께 돌아온 꽃병이었다. 그 꽃병은 아버지의 임종을 지켰다던 사내가 전해준 유품이었다. 자수정을 정성들여 깎은 그 꽃병 바닥에는 인각된 글씨가 새겨있다. '갑산의 꽃을 꽂으리라' 고. 아버지는 기나긴 나날 동안 꽃병을 다듬고 종내 그 글을 써 놓았을 것이다. 이 땅의 어느 꽃인들 향기와 자색이 갑산의 꽃보다 못할까마는, 그게 아닐 것이다. 아버지는 다만 갑산의 꽃을 그리는 마음을 품은 채 타관 객지에서 외롭게 숨을 거두었을 것이다. 나는 아버지에 관한 상념들을 헤집으며 수하에게 많은 말을 했다. 그리고 어느 순간 침묵했다.

"당신을 조금이나마 이해할 수 있을 것 같아요."

"나는 영혼이 황폐해진 놈이야."

"거기에 작은 꽃나무들을 심을 거예요?"

문밖에서 불어오는 바람이 유리창을 흔들었다. 바람은 낡은 여관방의 창문을 두드렸다. 수하의 몸에서 바람이 일고 있었다. 수하를 품에 안으면서 나는 그 바람 소리를 들었다. 이토록 여리고 작은 몸 어느 구석에 그처럼 휘넓은 들판이 자릴 잡고 있는지 의문이 들었다. 의문. 잠결이었는지 아니면 점점 또렷해지는 의식 때문이었다.

눈이 내린다. 소금처럼 하얀 눈이었다. 들판은 온통 흰빛으로 물들어가고 있다. 멀리서 누군가가 마을 입구로 걸어오고 있었다. 바삭바삭, 소금처럼 하얀 눈을 밟으며 다가왔다. 난무하는 눈발아래 하얀 들판이 너울거리며 일어섰다. 누구일까. 사내였다. 이목구비가 없었다. 나는 무슨 말인가를 하려 했으나 입이 떨어지지 않았다. 그때였다. 낮고 지친 음성이 다가왔다. 아들아, 이제야 보고픈 너를 찾아 돌아왔구나. 싸리비처럼 내리는 눈발이 차츰 발목을 덮어가고 있었다. 살갗에 떨어지는 소금. 쓰라림 때문에 눈을 뜨지 못했다. 나는 얼굴모르는 사내를 향해 손을 내밀려고 했다. 숨이 막혔다. 이미 몸은 소금 속에 파묻혀 옥죄인다. 아, 내 입을 떠나 흩어지는 음절들. 아, 버, 지. 오랜 몸살을 앓던 낱말이 어이없게 소금더미에 묻혀가고 있었다.

"주무세요?"

몸이 흔들렸다. 눈을 떴다.

"왜 그래?"

"잠결에 무슨 소리가 자꾸 들리기에……."

"무슨 소리?"

"깨어보니 헛손질을 하며 누군가를 부르고 있잖아요."

"그래?"

"이제 혼백이 되어 돌아오신 거예요."

"아니야, 아버지는 구만리 하늘을 떠돌고 있을 거야. 묏자리도 쓰지 못했으니깐."

"묘를 쓰지 못하다니요?"

"갑산 행을 떠나기 전 자신의 사진을 남김없이 불태운 분이거든. 갑산에 이르기 전에 살아서는 물론 죽어서도 돌아오지 않을 작정이셨던 거야."

"유품이라도 묻고 가묘를 쓰지요."

가묘는 아니다. 그건 안 될 말이다. 지난해 내가 가묘를 쓰자고 했을 때 어머니는 단호히 잘라 말했다. 묘를 쓰더라도 의당 선대의 뼈가 묻힌 갑산에 써야한다고 말했다. 함경북도 갑산군 삼남면. 호적에 기록된 아버지의 고향. 그곳은 멀고 먼 북쪽이었다. 언제나 아버지의 땅에 내손으로 아버지의 넋이라도 편히 눕게 할 수가 있을까.

나는 배낭을 뒤져 노트를 꺼내 펼쳤다. 여백이 보이자 수많은 낱말들이 머릿속에서 웽웽 소용돌이쳤다.

"뭘 해요? 시를 써요?"

수하가 묻는다.

"아니, 그저 떠오르는 단어들을 채집해 둘 뿐이야."

"그리운 낱말들?"

"그래. 지금은 방해 받고 싶지 않아. 먼저 눈을 붙여 둬. 아침 일찍 함께 집엘 가야 하니깐."

돌아눕는 수하의 등이 보였다. 어둡고 긴 터널 같은 나날들을 돌이키면 아무것도 보이질 않았다. 내게서 끊어져 나가는 시간의 마디마디에 새겨두어야 할 낱말들이 떠오르지 않았다. 그러나 이제 그녀는 확신을 갖고 기록할 수 있는 낱말로 변했다. 만남. 수하와의 구체적이며 본질적인 만남. 갑산 행을 떠난 아버지와 그리고 평생을 기다림으로 보낸 어머니. 제각기 주어진 길로 걸어가고 있지만 언젠가는 모두 만날 수 있을까.

수많은 사람들의 입에서 입으로 전해져 눈덩이처럼 불어난 커다란 낱말 아래, 이 땅의 허리께에 눌러 붙은 상처에서 흘러내린 피와 땀이 보석으로 변하는 그날. 그리운 낱말들이 이루는 눈부신 바다를 보고 싶었다. 남에서 북으로, 북에서 남으로 어깨춤으로 출렁일 그날이 오면.

새벽, 아직 어둠이 채 가시지 않은 여명이, 창을 통해 희미하게 스며들었다. 수하를 깨워 낯익은 거리로 나섰다. 서늘한 바깥 공기가 옷깃을 파고든다. 수하와의 동행. 나는 그녀와의 사이에 가로 놓인 벽이 시름없이 무너졌음을 깨달았다. 집까지는 도보로 삼십분 거리였다.

"어머, 눈부셔라."

수하의 상기된 목소리. 언덕이 끝나고 꽃길이 보였다. 마을 어귀까지 이어지는 길 양편에는 들국화가 줄을 이어 피었다. 꽃길을 밟고 초연히 떠나가는 아버지를 그려보자 서글픔이 앞선다.

아침부터 어머니는 서둘렀다. 가끔 누군가를 기다리는 사람처럼 문 밖을 망연자실 내다보기도 했다. 수하는 전을 부치는 일을 거들었다. 수하를 처음 만난 어머니는 몹시 흐뭇해하셨다. 어머니는 변변하지 못한 아들 녀석이 어디서 저렇게 고운 색시를 데리고 왔을까 대견스러운 눈치였다.

"네가 일가를 이루는 걸 아버지가 보았더라면……"

나를 보며 눈가를 적시다가 수하를 향해서는,

"이 녀석이 지 아버지를 닮아 숫기가 없단다."

어머니는 큰 소리로 말했다.

종일 분주하게 움직이던 어머니는 저녁 무렵에서야 거울 앞에 앉아 무슨 의식을 치르듯 화장에 몰두했다. 명절에 입었던 고운 한복으로 갈아입었다. 곱게 단장한 어머니는 십년은 젊어 보였다. 아버지가 떠난 후 집안도 이제는 읍내에 가게를 얻고 제법 번듯해졌다. 따지고 보면 어머니의 억척스런 제살이 탓이었다.

향을 사르고 촛불을 켜자 정적이 집안을 감돌았다.

"내가 이날을 기다려 간직한 것이 있다."

제주祭酒를 옮겨 담다 말고 나는 어머니를 바라보았다. 어머니는 시집올 때 가져온 낡은 장롱을 열었다. 한 여자가 꾸린 집안의 내력이 담긴 까만 자개농이었다. 어머니는 무언가를 조심스럽게 꺼내 내게 두 손으로 건네주었다. 엉겁결에 나는 그것을 받아들었다. 그것은 하얀 보에 싸인 나무상자였다.

"살아있는 동안 남북통일이 되면 네 아버지와 함께 갑산에 가려고……."

잠시 어머니는 말꼬리를 흐리다가 다시 이었다.

"이젠 네가 일가를 이루어 아버지를 모시고 갈 차례다."

마치 먼 길 떠난 아버지가 돌아오기라도 한 것처럼 어머니는 말했다.

"사진 놓을 자리에 조심해서 모셔라."

제사상에 상자를 올리다니. 아버지의 유품은 꽃병뿐이었다. 갑산의 꽃을 꽂으리라. 차라리 꽃병을 올려놓아야 옳았다. 제를 올리는 동안 어머니가 이날까지 내게 알려주지 않은 저 상자의 비밀이 무엇인지 궁금했다. 제사가 끝났다. 제수를 물리기 전에 어머니는 내게 상자를 품에 안으라고 했다. 수하가 부엌으로 들어간 후였다.

"따라 오너라."

어머니가 움직일 때마다 치마말기에 흘러내리는 불빛이 살랑거렸다. 문 밖은 어두웠다.

"고수레 고수레에……."

음식을 조금씩 떼어내어 어머니는 새를 쫓는 손짓으로 문 밖을 향해 던졌다. 갑자기 아버지에 대한 그리움이 솟구쳤다. 힘을 주어 가슴에 안은 상자가 조금 전보다 무겁게 느껴졌다. 밤바람이 차갑다. 들판 건너 산줄기를 흘러 감도는 안개가 달 빛을 받아 푸르스름한 기운을 내뿜었다.

"난 외롭지 않았다. 네 아버지가 늘 곁에 있었으니깐."

갑산 행을 떠난 아버지가 곁에 있었다니. 나는 무슨 소리인 지 이해할 수 없었다. 어머니는 말을 이었다.

"지금 네 품안에 있는 것이 아버지시다."

"무, 무슨 말씀이세요?"

어머니 쪽으로 성큼 다가서며 나는 되물었다.

"이 못난 녀석아, 아버지야, 네 아버지 뼛가루다."

어머니는 역정을 내듯 말했다.

"아버지의 마지막 유언이셨다. 살아서는 못가도 죽거들랑. 갑산에 묻어 달라 말하고 객지에서 운명하셨다. 연고조차 없 는 아버지를 거두어 준 사람은 객지에서 만난 고향친구였어. 고마운 분이셨지. 연고를 찾아 주기까지 했으니까. 나는 차마 네 아버지를 이 남녘땅에 묻을 수가 없더구나."

나의 의식 저편에서부터 쌓아 올린 낱말들이 허물어지고 있었다. 바람이 세차게 불었다. 허물어지는 낱말들은 둔탁한 굉음을 냈다.

"이젠 네 차례다. 아버지의 한 맺힌 뜻을 알겠니?"

모든 낱말들이 사라지고 흰 여백이 펼쳐졌다. 낱말 하나가 떠오른다. 그리운 낱말. 고개를 들고 어둠 속을 응시했을 때 나는 분명 한 사내의 모습을 보았다. 꽃길을 따라 갑산을 향해 걸어가는 아버지. 아직도 아버지의 갑산 행은 끝이 난 것이 아니었다.

어머니는 요양병원에서 겨우내 투병하시다가 홍매화 피는 봄날 아버지 곁으로 가셨다. 삼우제를 치르는 날, 나는 아무도 모르게 사무실 금고에 고이 모셔두었던 아버지를 꺼내 품에 안았다. 아버지, 이제 어머니 만나러 가셔야죠. 두 분이서 잘 지내세요. 두 팔로 감싸 안은 아버지는 깃털처럼 가벼웠다.

양수리 갑산공원묘지에 두 분을 함께 모시고 주차장으로 내려오는 산길에 이른 봄을 시샘하는 눈발이 날렸다. 눈발이 제법 어깨에 쌓였다. 나는 묘지 쪽을 한번 돌아다보았다. 더욱 눈발이 짙어졌다. 고개를 들고 북녘 하늘을 올려다보았다. 까마귀 떼가 어지러이 날아올랐다.

「하이힐」 이렇게 읽었다 _ **김진휘** 배우, 연극연출가

하이힐 다이어리, 연극무대 올리기

　소설가 박인이 기록한 12개의 사랑이야기, 하이힐. 빠르게 만났지만 빠르게 지워지지 않는 사랑이야기들의 모음이다. 어떻게 만났고 어떻게 시작됐는지는 중요하지 않다. 작가의 실제 경험인지 아닌지도 중요하지 않다. 실제 존재할만한 이야기들이기 때문이다. 연극무대에 올리기 위해 펼쳐 든 박인의 소설 '하이힐'은 내게 아픔으로 다가왔다. 가볍고 짧게 써내려갔으나 무겁고 긴 경험이 담겨있다. 쉽게 읽을 수 있으나 쉽게 덮을 수는 없다. 읽는 이들을 마구 흔들어 댄다. 읽는 이들의 기억을 족집게로 뽑아내듯이 뽑아낸다. 작가의 문장은 어느새 읽는 이들의 이야기로 전환된다. 사랑의 기억과 상처들을 풀어헤친다. 소설가 박인의 하이힐은 자서전적 소설이다. 조각가이자 소설가인 주인공은 칠레 조각가 '세바스찬 에라주리즈'의 '12명의 연인을 위한 12개의 하이힐'이라는 조각 작품을 보고 영감이 떠오른다. 세바스찬의 경험을 작가의 시선에 접목시켜 여러 여인들과의 사랑체험을 기록한다. 그러므로 이 기록은 다분히 연극적이며 영화적이다. 담담하지만 날카롭게 남녀관계를 그려낸 소설은 충분히 연극적일 수

밖에 없다. 초고화질 컬러와 화려한 컴퓨터 그래픽 영화일 줄 알았던 소설은 어느새 흑백 영화로 다가온다. 스쿠터를 타고 로마의 거리를 질주하는 그레고리 팩과 오드리 헵번을 떠올리게 만든다. 그녀의 곁을 지켜주다가 결국 어쩔 수 없이 떠날 수밖에 없었던 12명의 그레고리 팩이 소설에 등장한다. 워낙 소설 자체가 연극적이고 영화적이어서 연극으로 바꾸는 작업은 그리 오래 걸리지 않았다. 소설의 내용을 무대화하는 작업과정은 그리 어렵지 않았으나 내용을 이해하고 대사로 처리하는 일이 고통스러웠다. 아마도 뼈에 각인되어 있던 옛 사랑의 추억들이 되살아나왔기 때문일 것이다. 결코 짧지 않은 추억들과 순간들이 내 머릿속에서 럭비공처럼 튀며 돌아다녔다. 박인의 이 소설을 읽는 독자는 곧 소설적 설정이 자신의 경험과 기억으로 변환되는 순간을 경험하게 된다.

한 번이라도 영화 로마의 휴일을 본 적이 있는 남성과 여성 독자들에게 이 소설을 추천한다. 단, 사랑에 목마른 분들은 이 소설을 가볍게 읽지 마시길.

하이힐 *

스토리의 뼈대를 만들기로 작정하자 무작정 세바스찬에게 이메일을 보냈다. 뼈는커녕 살아있는 내 살에 대한 감각조차 무뎌졌을 무렵이었다. 뼈 없는 고기 덩어리처럼 누워 빈둥거리다가 페이스 북을 뒤졌다. 내가 찾아낸 것은, 과거에 사랑했던 아니 지금도 사랑하는 여자들을 위한, 한 조각가의 하이힐을 모티브로 삼은 조각품 전시에 관한 기사였다. 여자와 하이힐이 갖는 상징적인 의미를 나는 잠깐 생각했다. 말하자면 하이힐은 페르시아 기병들이 말을 타고 전투할 때 신었던 신발이었다. 말의 등자에 하이힐 신은 발을 고정시켜 자세를 안정시킨 용맹한 기사들은 적에게 활을 쏘고 칼을 휘둘렀다. 키작은 루이 14세가 자신의 권위를 높이기 위해 신었던 남성적이자 비실용적인 하이힐의 상징성보다 내 두개골 속을 떠도는 것은 살과 섹스였다. 아름답고 도발적이며 섹시한 여자의 긴 종아리뼈와 살. 여자와 하이힐. 한때 불붙었던 열정은 사랑으로 기억되고 흘러간 사랑은 상처로 남을 것이었다. 옛 애인들을 떠올릴 때, 첫 키스와 섹스보다는 갈등이나 상처가 떠올라 그 기억들을 지우고 싶었다.

세바스찬 에라즈. 그는 칠레 출신 조각가였다. 그의 이메일 주소로 나는 즉각 편지를 보냈다. 순전히 하이힐에 대한 직업적 관심 때문이었다.

세바스찬에게.

화가이자 소설가인 나는 당신이 만든 열두 개 하이힐에 관한 기사를 읽고 그것을 바탕삼아 이야기를 만들고 싶습니다. 당신이 조각한 신발을 신은 여자들 이미지에 나는 살을 붙이고 싶습니다. 조각과 소설의 합작이라고 해야 할까요. 당신의 조각품은 내게 하이힐을 신은 여자들을 상상하게 만들었습니다. 나는 한 달에 한 켤레씩 열두 명 여자들 이야기를 쓸 작정입니다. 마이애미에서 열린 이번 전시회를 축하합니다. 그럼 이만 행운을 빌면서.

사실 나는 대학에서 족부의학을 전공한 터라 하이힐의 불편함을 잘 알고 있었다. 하이힐을 신으면 전족부가 발바닥 아래로 신전되고 몸 하중은 발볼 아래 발허리뼈 머리로 몰리게 된다. 발은 변형을 일으키고 이어 통증이 일어난다. 하이힐의

병리적 존재감만 생각하면 애초에 이런 이야기는 의미가 없는 것이었다. 내 작업의 의미를 살리자면 세바스찬이 겪은 사랑에 관한 추억들을 나는 불러내야했다. 그가 만든 골격에 살을 붙여야 했다.

하이힐에 얽힌 세바스찬의 열두 명 애인들과 나의 소설이 만나도록 하겠다는 말이다. 아직도 음지에 깔린 미완성 사랑들을 위해서, 또는 죽는 날까지 이루어지지 않을 것들에 대한 연민을 품고서 말이다.

벌꿀

H는 노란색 하이힐을 신고 내게로 왔다.

교통사고로 다리뼈에 금이 가는 부상을 당해 나는 정형외과 병실에 입원해 있었다. 죽음 문 앞까지는 가보지 못했지만 병원 침대에서 오래 살다보면 중환자가 따로 없었다. 떡 진 머리카락을 손가락으로 넘기며 나는 기브스를 한 발목으로 절뚝이며 걸었다. 간간히 찾아오는 지인들은 별 도움이 되질 않았다. 무엇보다 가슴 한구석을 채운 허전함이 발목 통증보다 더 아프고 쑤셨다. 주사바늘도 진저리나게 싫었지만 외로움은 더 견디기 힘들었다. 물론 간절히 원한다고 사랑이 찾아오리라 기대한 건 아니었다. 맨몸뚱이만 남은 나는 외로웠다.

　H가 병실 문을 밀고 들어온 것은 석고붕대를 감은 발목을 허공에 매달고 있을 때였다. 전시회 마감 날짜가 코앞이었다. 마무리 손길을 기다리다 내게서 버림받은 내 작품들이 화실에서 먼지를 뒤집어쓴 채 뒹굴고 있었다. H는 3년 전에 화실에서 내 가르침을 받던 학생이었다. H가 문을 열었고, 태양이 지고 있었다. H는 내 심연으로 빛을 몰고 왔다. 침대 옆에 무릎을 모은 H는 내 이마에 손바닥을 얹었다. 따뜻했다. 전기가 흐른 듯 오금이 저렸다. 천사에게 세례를 받는 기분이랄까. 우리의 첫 만남은 그렇게 시작되었다. 퇴원하자마자 나는 작업실에 틀어박혀 작품을 마무리 짓느라 H를 거의 잊고 있었다.

　사랑은 말이 아니라 몸으로 겪어야 하나. 작업실 방문을 알리는 문자가 뜨고 H가 왔다. 드디어 H는 내가 연출한 인생에 찬조 출연한 것이다. 그녀는 손수 만든 쿠키나 케이크를 들고 왔다. 몸과 마음은 원래 하나라 했던가. 몸이 가는 곳에 마음이 갔다. 그런데 몇 차례 연애에 지친 나는 마음은 가는데 몸이 따로 놀았다. 몸이 달아오르면 마음은 그렇지 못했다. 원래 나는 그런 인간이었다.

　─ 건강해 보여요. 부러진 다리는 어때요?

　H는 웃옷을 벗고 더운 지 손부채질을 했다. 블라우스 옷깃 사이 봉긋한 가슴골이 드러났다. 가느다란 발목 위로 다리 근육은 대퇴를 수직으로 가로질러 올라붙은 탱탱한 엉덩이와

만나고, 그녀의 볼륨 있는 상체 위로 하얀 얼굴이 보였다.

— 서서 작업하면 아직 많이 아파요.

나는 말했다.

— 제가 뭐 도움이 될 만한 일이 없을까요? 뭐든지 힘껏 할 게요. 부탁만 하신다면.

나는 고개를 끄덕였다. H는 웃었고 청바지 지퍼를 내리고 다리를 번갈아 빼냈다. 블라우스 단추가 반쯤 풀리자 나는 벌린 입을 다물지 못했다. 벌꿀이 묻은 듯한 H의 입술과 넓적다리를 바라보았다.

몸과 마음을 분열시키는 그런 피곤한 사랑을 나는 거부했다. H하고는 육체적 사랑에 매진할 것이다. 물론 힘이 부칠 때까지만. 블라우스를 거칠게 벗긴 나는 H의 허리를 잡았다. 손가락은 골반 뼈로 미끄러져서 들어갔다. 나는 상상으로 그리던 H의 엉덩이를 힘껏 끌어안았다. 그녀의 갈비뼈가 내 얼굴에 닿았다. 그녀의 마른 갈빗대가 미세하게 떨리는 것일까. 나는 느꼈다. 12쌍 갈비뼈에 감싸인 그녀 흉곽을 통해 빠져나오는 바람소리는 어찌 들으면 꿀벌의 잉잉대는 날개 떨림 같았다.

작업실에 딸린 내 방에서 H는 요리를 했고 청소를 했다. 그리고 나라는 인간을 통째로 불태워 버리듯이 육체적 사랑에 집착했다. 잠들었다 깨어나면 머리맡에 구운 쿠키들이 접시에 있었다. 떠나기 전, 작업실 벽에 육각형 벌집모양을 그린

H는 그 안에 노란색 하트를 심어 놓았다. 발목이 아프다고 너스레라도 떨면 식탁에는 저녁식사가 차려져 있었다. 그녀는 천사였다. 내 발목이 완전히 회복되자 그녀는 떠났다.

앞으로 그런 사랑을 다시 받을 수 있을까. 가끔 나는 그녀가 다른 남자를 돌보는 꿈을 꾸었다. 깨고 나면 질투에 사로잡히곤 했다. 지금도 가슴이 미어진다. 나는 벽에 그려진 하트처럼 퇴색되고 잊혀져가는 H를 추억한다.

울보

늦은 밤 외출했다가 돌아오는 길이었다. 비가 내렸다. 가을비는 내리고 집 문밖에 한 여자가 우산도 없이 고개를 숙인 채 서 있었다. 언뜻 보기에 핸드폰을 들여다보고 있는 줄 알았다. 인기척을 느낀 여자가 고개를 돌리자 나는 순간 얼어붙었다. 비에 젖은 얼굴로 울고 있었다. 그녀는 한기 탓인지 어깨를 떨었다.

회색 통굽 하이힐을 신은 그녀 맨발이 젖어들고 있었다.

— 제가 지금 갈 곳이 없어요. 난 당신이 누군지 알아요. 오늘밤만 당신과 지낼 수 있을까요?

그녀의 이름은 C였다. 어처구니없지만 C는 내게 하룻밤을 같이 보낼 수 있는지 묻고 있는 거였다. 하긴 이 정도는 이상한 일이 아니었다. 내가 며칠 동안 겪었던 일에 비하면 말이다. 나는 타인을 괴롭히기 위해 태어난 한 사내를 만났다. 그는 타고난 보험 사기꾼이었다. 처음에는 단순한 차량접촉 사고였다. 음주운전을 한 내 차에 일부러 부딪힌 그는 사람 죽는다고 입에 거품을 물었다. 그는 치료비랍시고 돈을 요구했다. 그 액수가 터무니없이 고액이었다. 나는 소형차를 팔아 치료비를 지불했다. 음주운전이 문제였다. 나는 전과자가 되거나 교도소에 가기 싫었다. 급기야 대출을 받기에 이른 나에게 그는 후유장애가 남을 수도 있다고 협박을 했다.

— 사채라도 끌어다 갚으라니까. 아니면 당신도 발모가질 분질러 줄까?

사기꾼은 피도 눈물도 없었다. 나는 눈물을 흘렸다. 돈이 없다고 무릎을 꿇자 그는 만족스레 웃었다.

— 그럼 그렇게 인간적으로 나와야지. 돈이면 다 해결되는 게 아니라니까.

C를 만난 게 그 사기꾼과 헤어진 뒤였다. 소주 한 병을 마신 내게 C는 헤어진 남자친구에게 저주를 퍼부었다.

— 나쁜 새끼. 그런 새끼는 잘라버려야 해.

바람을 피운 전 남자친구한테 뱉어내는 욕설이었다.

— 그래요. 그런 멍청이 돌대가리 같은 놈은 차여도 싸지.

나는 맞장구를 쳤다. 여러 날 동안 나를 짓눌렀던 우울에서 벗어나는 느낌이었다. 집으로 들어온 그녀는 내가 커피를 끓이는 동안 샤워를 했다. 욕실에서 나온 그녀는 무척 아름답고 행복해 보였다. C가 가슴에 두른 수건을 떨어뜨렸다. 알몸이 드러났다. 초점 없는 눈길로 나를 올려다보던 C는 이내 달려들었다. 다급하게 입맞춤을 하고 입술과 혀를 깨물고 결국은 완력으로 나를 끌어안았다. 헤어진 애인을 증오하는 C와 사기꾼을 떨쳐내려는 나는 금방 한 몸이 되어버렸다.

얼마 지나지 않아서 나는 스스로 놀랄 만큼 C에게 익숙한 남자가 되어버렸다. C의 돌대가리 애인에게 감사라도 표하고 싶은 심정이었다. 울보 C는 하늘이 나를 불쌍히 여겨 보내주신 게 틀림없었다. 절정에 이르자 극도로 피곤해진 나는 손가락 하나 움직일 수가 없었다.

숨을 고르던 C는 다시 울기 시작했다. 나는 C를 품에 안고 다독거렸다. 그리고 속삭였다. 모든 게 다 잘 될 거라고. 기이한 일이었다. 다른 남자를 위해 울고 있는 여자와 알몸으로 한 침대에 있는 것이 어찌 기이하지 않겠는가. 하지만 별 도리가 없지 않나. 여자의 흐느끼는 소리를 자장가처럼 들으며 나는 잠이 들었다 깨어났다.

— 나쁜 새끼. 사내놈들은 다 똑 같아.

그녀는 잠꼬대를 했다. 나의 성기는 다시 뜨겁게 부풀어 올랐다. 내가 짐승처럼 달려들자 그녀는 뜨악한 표정으로 나를 올려다보았다. 그녀는 나를 밀쳐내고 중얼거렸다.

— 글쎄, 사내놈들은 다 똑 같다니까.

내 몸의 피는 이내 식어버렸다. 이후 들리는 소문에 의하면 그녀는 남자라면 고개를 저으며 넌더리를 냈다고 한다. 그 멍청이 돌대가리 남자친구를 제외하고는 말이다.

엘도라도

그날 나는 로또복권을 사러 갔다가 우연히 E를 만났다. 그 전날 밤 꿈에서 황금돼지를 보았던 터였다. 농장에 수천 마리 돼지가 우글거렸다. 생활비는 바닥나고 날마다 허기에 시달리던 참이었다. 나는 돼지저금통을 깬 즉시 복권판매소로 뛰어갔다. 꿈속의 돼지가 나를 부르고 있었다. 폐차 직전인 소형차를 쇼핑센터에 주차했다. 복권이 모두 팔렸으면 어쩌나 걱정을 하며 차문을 여는데 E가 빨간 스포츠카에서 내리고 있었다.

E의 금색 하이힐이 퍼뜩 눈에 잡혔다.

엄지와 새끼를 제외한 세 개 발가락들이 몸의 중심을 잡기 위해 갈퀴처럼 굽었고, 발등을 가로지르는 장식용 구두끈은 풀려있었다.

이어서 긴 다리와 실한 엉덩이가 실체를 드러냈다. 내 고물차 앞에 멈춘 스포츠카는 그녀를 내려놓고 굉음을 내며 사라졌다. E는 일주일 전 조각 전시장에서 만난 적이 있었다. 차가 가버린 방향을 가리키며 그녀는 말했다.

— 내가 일하는 회사 이사님. 돈은 엄청 많은지 몰라도 그냥 속물.

E는 마침 말을 생략하는 독특한 대화체로 말했다.

— 예술가들을 경멸하는 사람. 왜 예술가들은 똥차를 끌고 다니며 시간을 죽이는지 모르겠다는 그런. 그 시간에 그 좋은 머리로 돈을 벌어야 한다는.

E는 웃었다. E는 지역 종합편성 방송국의 연예담당 기자였다. E는 카메라를 사랑했다. 내가 카메라라도 그녀를 좋아하지 않고는 못 배겼을 것이다. 이사란 작자도 또한 별수가 없었을 것이다. 언제 어디서나 뭇 사내들의 눈길을 끌 만큼 E의 외모는 빼어났다. 로또복권은 허황된 꿈일 뿐이었다. 커피 한 잔을 마시면서 그녀는 최근에 만난 유명 연예인 이야기를 했고 나는 여러 날 동안 매달리고 있는 작품을 열정적으로 설명했다.

— 아프리카 이슈를 가지고 설치 미술을 기획하고 있어요.

— 예를 들면?

— 기독교가 전파된 나라와 AIDS가 창궐한 지역의 동일성이랄까.

나는 걸작을 만들기 위한 괴로움에다 예술을 하는 외로움을 양념처럼 뿌렸다. 찡그린 내 얼굴이 E를 도발시켰을까. 커피숍 문을 잡고 서 있을 때, E는 내 왼쪽 엉덩이를 꽉 쥐었다.

풀어놓고는 속삭였다.

— 아 가련한 예술가씨. 무척 굶주렸겠군요. 내 방으로 와요.

나는 따라나섰다. 그리고 다급하게 E의 침대로 몸을 던졌다. 흥분이 가라앉을 틈을 주지 않고 아주 부드럽고 길게 애무했다. E를 가질 방법이 내게는 없었다. 돈도, 직장도, 권력도 애초에 없었다. 그 순간 E는 내게 엘도라도였다. 그녀는 황금이었다. 나는 E가 클라이맥스에 이르도록 기다렸다. 나로서는 오직 섹스를 잘하는 것이 사랑을 증명할 유일한 길이었다. 원하는 것을 얻기 위해서라면 지옥불인들 못 뛰어들겠는가. 열정이 식자 그녀는 말했다.

— 귀여운 예술가씨. 내 친구들은 남친들이 외국여행 가라며 비행기티켓을 선물한다는데.

— 조금만 기다려봐. 이번 작품들은 팔릴 거야.

— 자기는 장래가 촉망되는 예술가. 꼭 그런 날이 오기를 기다릴게.

물론 E는 기다리지 않았다. 내게 그런 날이 오지 않으리라는 것을 알고 있었다는 듯 말이다. 가끔 텔레비전에 E가 나오면 나는 황금을 찾아 서부로 떠나는 사내를 그리고 싶은 충동을 억제할 뿐이다. E와 헤어지고 나서 몇 달 동안 나는 작업실에 틀어박혀 지냈다.

짝짝이

오래간만에 친구들 모임에 나갔다. 술자리가 무르익자 친구 A가 B, C 그리고 나에게 애인들의 젖가슴 크기를 물었다. 우선 A는 자신의 여자 친구 가슴이 D사이즈라고 자랑했다.

— 미친놈 여자 가슴사이즈나 보고 댕기냐?

B가 말했다. 어처구니없었다. 나는 모른다고 대답했다.

— 아직 안자봤어? 미쳤구나.

C는 한술 더 떠서 자기 애인은 E사이즈라고, 두 팔을 벌리고 수박만하다고 너스레를 떨었다.

— 진짜냐? 실리콘이냐?

— 내 여친은 임플란트야.

A가 말했다. 실리콘, B가 손을 들고 소리쳤다. 나는 누가 들을까봐 주변을 둘러보았다.

— 진짜야. 수박만큼 크다니까.

C는 계속 거대한 크기를 자랑했다. 여자 친구가 올라타서 움직일 때 출렁거림을 보면 속이 울렁거린다고 C는 말했다.

— 너는?

— 나야 절벽가슴이지.

나는 내 마른 가슴을 쓰다듬어 보이며 빈정거렸다.

— 네 옛날 여친 이야기라도 꺼내봐라, 이놈아.

— 둘 다야. 하나는 진짜고 다른 하나는 가짜라니까.

— 둘 다라니. 그럴 리가 있나?

B가 이해할 수 없다는 듯 고개를 갸웃거렸다. 나는 내 여자친구의 젖가슴에 대해 조심스레 설명하기 시작했다.

— 꽃비 내리는 어느 봄날이었지. 그녀를 만나서 데이트를 했어. 서로 계속 사귈 마음이 들었고, 우리는 호텔방으로 직행했지. 한바탕 일을 치르고 나서 그녀는 내게 자기 가슴에 대한 고백성사를 했어. 남이야 몰라도 상관없지만 어차피 만남을 지속하려면 나는 알아야했으니까. 그녀는 사춘기를 지나서야 짝짝이 가슴인 것을 알았어. 왼쪽이 작았다더군. 그래서 대학에 들어가자마자 왼쪽에만 실리콘 보형물을 넣게 되었지.

세 친구들은 말이 없었다. 다들 놀란 눈치였다. A만은 눈빛을 반짝이며 장난스럽게 물었다.

— 만져보니까 어떤 것이 더 좋았어?

나는 계속해서 말을 이어갔다.

— 처음에는 나도 몰랐지. 내 오른손은 그녀의 오른쪽 유방만을 만졌으니까. 유방 시술한 사실을 털어놓은 그녀는 초조해하며 내 답변을 기다렸지. 나는 말했어. 그게 무슨 문제가 되느냐고, 여자가 가슴이 작은 것은 전혀 기형이 아니라고 말이야.

— 그랬더니?

B가 궁금해서 못살겠는지 끼어들었다.

— 기형? 반문한 그녀의 얼굴이 일그러지더군. 그게 무슨 대단한 일이라고. 지금까지도 그렇게 슬픈 얼굴은 본적이 없어.

— 그래서?

이번에는 C가 무언가를 기대하는 목소리로 물었다.

— 그녀는 자기 가슴이야기로 내 가슴을 울리고 떠났지. 결혼해서 애가 둘이래.

그녀와 얽힌 추억이 썰물처럼 내 기억에서 빠져나갔다.

— 어느 것이 더 좋았냐면……. 이건 그녀조차도 모르는 건데, 나는 솔직히 지금도 그 실리콘 촉감을 좋아해!

그녀는 하이힐 굽 소리를 또각또각 남기며 사라졌다. 내 가슴을 아프게 한 큐피드의 화살처럼, 한줌 햇살이 그녀의 붉은 굽 아래 깔렸다.

얼음공주

I는 15센티미터가 넘는 흰색 킬 힐을 신고 있었다.

그녀를 처음 만난 곳은 백화점 명품관이었다. 모든 것이 얼어붙는 겨울 저녁이었다. 기상학자에 따르면 조만간 지구에는 소빙하기가 도래할 가능성이 있다. 지구온난화로 북극과 남극 빙하가 녹기 때문에 해수면이 급상승하고 있다. 그 여파로 극지와 저위도 지역 기후 사이에 불균형이 커지고, 고위도 지역의 기온이 크게 하락할 수 있다는 다큐멘터리가 이를 증언하였다. 어디까지나 다큐멘터리일 뿐 현재 진행형이 아닐 수도 있었다. 기상예보는 늘 불신을 사기 마련이었다. 나는 이런 말세적 이야기에는 관심을 가질 형편이 못되는 소시민일 뿐이다. 한치 앞도 내다보기 어려운 삶이 아니던가. 빙하가 녹아 홍수가 나면 배를 타고 다니지 뭐, 나는 심드렁해하였다.

당장 오늘 닥친 강추위는 어쩌란 말이냐. 게다가 여자 친구 하나 없는 크리스마스가 다가왔다. 그제까지 멀쩡하게 흐르던 강물이 얼어붙고 체감온도는 영하 20도를 오르내렸다. 아무리 추워도 먹고 살자면 일을 해야 했다.

명색이 배고픈 예술을 하자니 변변한 아르바이트조차 없었다. 간신히 백화점 주차담당 알바를 구했다. 경광등을 들고 차량을 빈자리로 안내하는 일이었다. 벨 보이 재킷에 긴 코트를 입고 수신호를 하며 주차를 기다리는 차들을 통제하는 신호기 역할이었다. 쇼 윈도우하고는 거리가 멀었다. 백화점 지하 주차장이어서 일까. 유니폼을 입은 내가 두더지처럼 느껴졌다.

한 달을 못 넘기고 기침이 쏟아졌다. 어린 시절 기흉을 앓은 폐가 하루 종일 자동차 배기가스를 들이마시자 배겨내지 못한 거였다. 결국 나는 팀장에게 사정을 말했고, 임시직 보안요원으로 자리를 옮겼다. 무전기를 들고 매장 구역을 돌며 고객들 안전사고를 예방하고 처리하는 일이었다. 절도범 감시와 야간 출입 통제는 내 적성에 맞았다. 경찰이나 경호원이 된 기분이랄까.

I는 해외 유명 명품을 고객 품에 안기는 소위 잘나가는 세일즈 매니저였다. 크리스마스와 연말연시를 함께 보낼 여자친구가 간절했던 나는 백화점 내에서 가장 아름다운 그녀에게 데이트를 신청했다. 퇴자를 맞을 줄 알았는데 예상 밖이었다.

크리스마스 이브날 밤에 키가 크고 늘씬한 I와 오색 트리가 휘황찬란한 거리를 걸었다. I는 나보다 한 뼘 정도 높이 올려다보였다. 나는 멋진 람보르기니 포스터를 받은 아이처럼 기분이 좋았다. 다만 그녀는 늘 냉정한 얼굴로 나를 내려다보았다. 몇 차례 만남이 이어졌다. 우리가 처음 사랑을 나눈 다음에도 I는 거의 미동조차 없이 죽은 듯이 누워 있을 뿐이었다. 얼어붙은 나무토막에 불을 붙이는 꼴이랄까. 분위기를 바꾸려고 농담을 던져도 그녀는 냉담하게 반응했다. 침대에 누운 그녀의 몸은 너무 길었다. 아무리 팔을 뻗어도 그녀의 엉덩이를 만질 수가 없었다. I는 아무 말도 하지 않았다. 왜 내가 I와 한 침대에 누워 있는 거지? 나는 의문이 들었다. 이 자식아, 침대가 아닌 심판대에 누워서 뭐하는 짓이냐, 나는 독백을 하는 지경에 이르렀다.

— 야, 너 내가 작아서 이러는 거야? 싫으면 싫다고 솔직히 말해.

나는 결국 참지 못하고 화를 내고 말았다.

— 자기가 싫어서 이러는 게 아니야.

그녀는 자신이 무감각해서 그렇다고 말했다.

— 그렇다면 그건 큰 문제가 아니지.

나는 I의 얼어버린 몸을 녹이려고 이불을 뒤집어쓰고 달려들었다. 그녀는 녹는 척하다가 이내 빙하처럼 굳어졌다.

창밖에는 만년설이 내리고 있었다.

B29

— 아버님, 색깔이 너무 멋져요.

사촌 동생 결혼식에 데려간 B는 내 아버지의 넥타이를 만지며 장난스럽게 웃었다. 정말이지 거저 줘도 안할 넥타이를 어디서 주워온 것일까. 나는 아버지 목에 걸린 촌티 나는 총천연색 새끼줄을 다시 바라보았다. 처녀가 남자의 상징처럼 목에 걸린 타이를 가지고 놀다니. 내게는 B의 행동이 남자의 상징을 조몰락거리는 것처럼 보였다. 질투가 난 나는 B를 노려보았다. 그날 결혼식 파티에 온 그녀는 엉덩이를 전부 가리기에는 턱없이 짧은 원피스차림이었다.

거기에 빨간색 하이힐이라니.

남자들을 한 방에 날려 보낼 핵폭탄이랄까. 빨강 하이힐을 신은 B는 그만큼 섹시했다. 게다가 그녀는 혼신을 다해 춤까지 추었다. 장학금을 노리고 공부하는 학생처럼 미친 듯이 춤을 췄다. 쭉쭉 뻗은 다리로 무대 중앙을 장악하고 홀을 누비는 B를 상상해 보라. 남자하객들의 눈길이 무대를 휘젓고 다니는 그녀의 다리와 엉덩이에 고정되어 있었다. 여자들은 B에게 넋을 빼앗긴 남자들을 사나운 눈으로 쏘아보았다.

나는 파티 장에서 B를 쫓기듯 빼냈다. 우리는 저택 후미진 방으로 가서 사랑을 확인했다. 그래도 사랑할 때 B는 온전히 내 것인 것처럼 굴었다. 헝클어진 몰골을 한 채 우리는 파티 장으로 돌아왔다. 방금 전까지 우리가 무슨 짓을 했는지 사람들은 알아챘을까. 부러움과 의혹이 뒤섞인 눈길들이 우리를 덮쳤다. 나는 시침을 뚝 때고 모른 척 할 수밖에. 사람들의 관심을 무시한 채 우리는 술을 마셨다. 그러나 오늘 하이라이트 쇼는 이제 막 시작될 참이었다. 취한 우리는 다시 일어나 지그재그 스텝으로 춤을 추었다. 남이 뭐라 하던 상관없는 일이었다. 취기가 오르자 발이 꼬였고, 하객들과 뒤엉킨 우리는 무대 바닥에 나뒹굴었다. 내 양복은 찢어지고 B는 떨어져 흘러내린 원피스의 어깨끈을 겨우 붙잡고 뻗어버렸다. 우리를 둘러싼 하객들의 비웃음이라니!

그 순간 나는 B의 그물에 걸려든 한 마리 잡어에 지나지 않았다. B는 그날 모든 남자들을 사로잡았고 스포트라이트를 받은 오늘의 스타에 등극하였다.

이후 그녀는 몇 번인가 나를 속이고 다른 남자들을 만났다. 물론 이 붉은색 폭격기가 다른 사내놈들도 초토화시켰을 것이다. 남자들은 그녀에게 B29라는 별명을 지어주었다. 파티에 참석한 여자들은 그녀를 붉은 암캐라고 불렀다. 그렇다면 나를 비롯한 모든 남자들은 그녀의 새끼들이 아닌가.

성처녀

이태리 식당 '몽로'에서 친구 소개로 V를 만났다. 그녀는 몸에 착 달라붙는 레깅스에 가슴골이 보이도록 파인 브이넥 티셔츠 차림이었다. 나는 눈을 어디에 두어야할지 난감하였다. 테이블에 놓인 손톱은 인조보석으로 화려하게 치장되어 있었다.

나는 고개를 숙이고 V가 신고 있는 흰색 하이힐을 자꾸 내려다보았다. 푸른 실핏줄이 발등으로 흘러내렸다.

하얀색은 야시시한 그녀와 어울리지 않아 보였다. 내 눈길이 닿은 무릎을 조금 벌린 그녀는 이왕 볼 거라면 확실히 보라는 눈치였다. V는 부끄러워하는 내가 귀엽다고 했다. 외양은 부드럽지만 내면이 강한 사람을 좋아한다고 했다. 나는 원래 조신한 타입을 좋아하는지라 적극적인 그녀가 선뜻 마음에 들어오지 않았다. 사랑은 맥주 한잔에 달렸다. V가 내 마음을 앗아간 것은 맥주 한잔 덕분이었다. 알코올을 받아들인 내 몸과 마음은 V를 따라 흘렀다.

— 첫 키스를 언제 했어요?

V는 아예 나를 숙맥으로 알았는지 황당한 질문을 했다.

— 셀 수도 없어요.

나는 부러 딴청을 부렸다. V는 내 어깨에 손을 얹고 깔깔 웃었다. V가 웃자 가슴골 사이에 숨어있던 십자가 목걸이가 보였다. 더불어 그녀의 목이 빛났다. 순간 나는 흡혈귀가 성스러운 처녀의 목에 이빨을 박고 피를 빠는 영화 장면을 떠올렸다. 맥주 두 잔째였다. 두 잔을 넘기면 내게는 치사랑이었다.

누가 먼저랄 것도 없이 우리는 여관방으로 들어갔다. 술김에 V를 품에 안았다. 옷을 벗고 그녀 다리 사이로 들어가 조금 과격하게 공격하기 시작했다. 전투가 끝나자 비릿한 피비린내가 났고 나는 부상병처럼 쓰러졌다. 정신이 든 나는 샤워실로 간 그녀에게 물었다.

— 어때요? 좋았어요?

V는 물을 틀며 회의에 찬 목소리로 대구했다.

— 아. 예. 잘 모르겠어요. 첫 경험이라서.

마지막 말은 물소리에 잠겼다. 벌떡 일어난 나는 V가 누웠

던 자리를 더듬었다. 비릿한 피냄새였다. 나는 물소리에 섞인
기도소리를 들었다. 은총이 가득하신 마리아님, 기뻐하소서!
주님께서 함께 계시니 여인 중에 복되시며 태중의 아들 예수
님 또한 복되시나이다……. 틀림없는 기도였다. 나는 두 손으
로 내 머리카락을 부여잡고 쥐어뜯기 시작했다.

친구에게 들은 소문이 맞는다면 V는 수녀가 되었을 것이
다. 사실이라면 나는 얼마나 큰 죄를 지은 것인가.

왕녀

P는 별 다섯 개를 받은 레스토랑 테이블 아래로 손을 뻗어
내 무릎을 감싸주었다. P의 우아한 손끝에서 온기가 흘러들
어왔다. 성감대가 무릎인 내 하체에 전기가 흘렀고 그녀 역시
볼이 상기되어 달아올라 있었다.

P는 내 다리를 파란색 하이힐 앞코로 간질이며 속삭였다.

— 저희 아빠 전용기가 있어요. 너무 바빠서 그걸 사용할
시간이 없는 게 문제지만.

P의 아버지는 재계의 거물이었다. 그녀는 그가 만든 왕국
의 외동딸이었다. 항공회사는 물론 식구마다 비행기를 여러
대 소유하고 있다고 해서 문제될 것은 없었다. 시쳇말로 금수
저를 입에 물고 태어난 것이다.

— 파리에 빈 집이 한 채 있는데 오빠 작업실로 쓰면 안성맞춤일거예요.

애써 냉정한 척 했지만 나는 벌어진 입을 다물지 못했다. P는 계산을 하고 화장실에 다녀왔다. 몹시 당황한 목소리로 내게 말했다.

— 저 제가 아파트 열쇠를 잃어버렸나 봐요. 오빠 작업실에 같이 가면 안 될까요?

안될 이유는 없었다. 그녀는 이미 도시 여기저기에 수많은 빌딩들을 소유하고 있지 않은가. 열쇠꾸러미가 필요하다면 관리인이 언제든지 가져다 줄 것이었다. 나는 작업실로 향하는 택시에서 침묵을 지켰다. 돈으로 예술작품을 구입할 수는 있어도 예술가는 사고파는 물건이 아니었다. 치열한 예술가의 정신은 매매 대상은 더욱 아니었다.

P는 우리가 함께 할 금빛 미래 청사진을 보여주었다. 들으면 들을수록 그녀가 냉혈동물처럼 느껴졌다. 내게 그녀의 왕국은 너무 멀었다.

위성도시 외곽에 있는 허름한 작업실에 도착했을 때 나는 쓰러진 자존심을 일으켜 세운 후였다. P는 문안으로 들어서자마자 내 목을 끌어안았다. 나는 그녀를 가볍게 뿌리쳤다.

— 미안해. 너랑 이런 거 할 기분이 아니야.

어리석게도 나는 솔직한 감정을 드러냈다. P를 향해 나는 한마디를 덧붙였다.

— 내 침대에서 자도 되지만 아무 일도 일어나지 않을 거야.

자존감에 내상을 입은 P는 조용히 물러났다. 나는 3인용 소파에 모로 누워 잠든 척하며 그녀가 가기를 기다렸다.

P가 빠져나간 후 천천히 일어나 창문 옆에 서서 밖을 내다보았다. P를 태운 검은색 리무진이 어둠속으로 사라졌다.

보스

S와 잠자리를 갖는 일은 늘 기분이 어색하고 불편했다. 언제 내가 주도권을 잡아야할지, S에게 마냥 맡겨야할지 알 수 없었다. 금방이라도 터질지 모를 폭탄을 가지고 놀고 있는 기분이랄까. S는 평소에는 철저한 페미니스트였다. 그러나 침대에서만큼은 예쁜 소녀처럼 굴었다. 그러다가도 갑자기 스트립쇼를 보여 주거나 내가 그녀 엉덩이를 세게 때려주기를 원했다. 얌전하게 굴다가도 어느 순간 돌변해서 나를 흥분시키고 자극했다. 그런 다음 날이면 나는 꽃다발을 사들고 가서 그녀에게 바쳤다. 전날 황홀한 여운이 채 가시기도 전에 그녀는 내게 한 시간 정도 설교를 했다.

나는 하릴없이 장미꽃 무늬를 수놓은 그녀의 하이힐을 내려다보았다.

일자로 뻗은 다리를 접고 의자에 앉자 그녀의 작은 앞무릎이 솟아나왔다. 잔소리를 들으면서도 나는 그녀의 24인치 허리 아래 실팍한 엉덩이 곡선에서 눈을 뗄 수 없었다.

— 자기 마초야? 나 말고 다른 여자들에게도 꽃다발을 많이 갖다 바쳤나봐. 여자 꼬이는 선수들이나 하는 역겨운 짓을 내게 하다니. 이건 도저히 참으래야 참을 수가 없잖아. 내가 그리 쉬운 여자 같아? 도대체 이해할 수 없는 일이야.

이건 이해의 차원이 아니었다. 내가 무슨 큰 잘못을 저질렀나, 나는 그녀가 왜 화를 내는지 몰랐다. 어느 날 그녀는 내가 벗어놓은 팬티를 꺼내 입고 내 앞을 지나갔다. 나는 알몸으로 침대에 누워있었다. 순간 여러 장면이 내 머리 속을 스쳐갔다. 나도 그녀 팬티로 바꿔 입어야하는지, 집에 가서 다른 팬티를 갈아입어야하는지, 아니면 그냥 삼십육계 줄행랑을 놓아야하는지를 결정해야했다. 물론 나는 그녀에게서 도망쳐 내 신변 안전을 지키기로 했다.

그러나 나는 밤이 오자 S가 그리웠다. 나는 다시 찾아가서 용서를 빌고 한 시간 가량 설교를 들었다.

— 자기 머저리야? 다른 여자한테도 맘에 들지 않으면 도망쳤나봐. 어느 여자가 곁에 남아있을지 생각해보긴 한 거야. 내가 왜 그랬는지 알아? 자기 좋으라고 그런 거 알기나 해. 그래도 난 자기가 귀여워.

S는 내게 눈을 흘기면서 이번에는 자신을 맘껏 다뤄도 좋

다고 허락했다. 나는 그녀 엉덩이를 최대한 힘껏 손바닥으로 때렸다. S는 기분이 고무되어 새끼고양이처럼 가르랑거렸다. 그러다 나는 결국 돌이킬 수 없는 실수를 저지르고 말았다. S가 아플까봐 손목 힘을 적당히 빼고 그녀의 살찐 엉덩이를 쓰다듬듯이 때린 것이었다. 일순간 무언가 강력한 충격이 내 머리를 세게 내리쳤다. 침대에서 바닥으로 굴러 떨어진 나는 몇 초간 정신을 차릴 수 없었다. 겨우 눈을 뜨자 나는 그녀의 발이 허공에 뻗어있는 것을 보았다. 발등을 향해 15도 정도 휘어진 망치처럼 생긴 뒤꿈치가 한 대 더 내리칠 기세였다. 그것은 내가 살면서 경험한 가장 무시무시한 흉기였다.

미스 지아이

신발장 구석에 놓여있는 검정색 스웨이드 하이힐 한 짝을 보자 J가 떠올랐다.

그날 밤 그녀의 아버지는 정복을 입은 채로 현관문을 열었다. 장군은 나를 내려다보았고 나는 최대한 정중하게 인사를 했다. 그가 눈을 부라리자 몹시 위축된 나는 빌려온 차 키를 떨리듯 흔들며 말했다.

— 저, 장군님. 따님을 모시고 가려고…….

말이 끝나기도 전에 문이 닫혔다. 올해 장군 진급대상자인 대령에게는 딸만 셋이 있었다. 특히 막내딸에 대한 사랑과 보호는 지나칠 정도인 장군은 자신의 소신인 금남의 집 원칙을 고수했다. 남자는 그 집에 얼씬거리지 못할 뿐더러 큰딸만 제외하고 딸들의 연애를 금지시켰다. 막내딸인 J는 늘 대령의 원칙을 무시하기 일쑤였다. 다시 문이 열리자 그녀 뒤에 대령이 버티고 서있었다.

— 아버지, 이 분은 미술 실기 선생님이셔.

대령은 고개를 끄덕이며 내 눈을 들여다보았다. 나는 초점 없는 시선으로 빈 들판을 바라보는 허수아비처럼 서있었다. 대령은 멍한 내 눈을 보자 안심이 되는 듯 문을 닫았다.

— 내 정신 좀 봐. 나 지금 치마 안에 아무것도 안 입었어.

차에 타고 나서 J는 입술을 내 귀에 대고 말했다.

— 오늘은 도망치는 탈영병놀이 할거야.

J는 웃었다. 나는 장군의 위수지역으로부터 멀리 달아났다. 불 켜진 시가지가 내려다보이는 북악 언덕 후미진 곳에 주차했다. 누가 먼저랄 것도 없이 그녀와 나는 서로를 끌어당겨 안았다. 얼굴과 토르소를 빚는 조소실기 수업인 것처럼. 그러나 거침없는 실기시간은 이내 방해를 받았다

경찰차가 경광등을 번쩍이며 언덕을 올라오고 있었다. 나는 고개를 숙이고 그녀에게 몸을 더욱 낮췄다. 어서 옷을 입으라고 J가 속삭였다. 나는 뒷자리에서 운전석으로 건너갔다. 서늘한 가을밤이었다. 김이 서린 앞 유리창을 손바닥으로 문

질렀다. 경찰차 불빛이 쏟아져 들어왔다. 윗도리를 걸치자마
자 시동을 걸고 액셀을 밟았다. 내 차의 퇴로를 차단하기 위
해 경찰차는 들이받을 기세로 달려와서 멈추었다. 아버지에
게 빌린 스포츠 유틸리티 차량은 5미터도 못가서 날카로운
브레이크 마찰음을 내고 멈췄다. 바람이 숲을 흔들자 새들이
울며 날아올랐다. 바지를 겨우 골반에 걸친 내게로 경찰 한
명이 다가왔다. 서둘러 바지를 올려 입고 차문을 열고 내리자
젊은 경찰관은 신원확인을 요청했다.

— 여기는 범죄 발생 지역이라 조심해야 합니다. 어제도 옆
동네에 강도사건이 일어났으니까. 뒤에 계신 분도 신분증 주
세요.

— 신분증이 없어요.

윗옷을 미처 여미지 못한 J는 브래지어를 쥔 두 손으로 앞
가슴을 가린 채 경찰관이 시선을 다른 곳에 주기를 애원하는
눈빛으로 서있었다. 그녀는 절뚝이며 걸었다. J는 오른쪽 하
이힐만 신고 있었다. (왼쪽 하이힐은 J가 집에 간 후 앞좌석 밑에서 찾
아냈다.) 기울어진 상체는 걸음을 옮길 때 흔들렸다. 결국 J는
최선책을 썼다. 장군님에게 전화를 걸었던 것이다. 상황파악
을 끝낸 장군은 서장에게 도움을 요청했고 경찰관은 상황을
종료했다. 화가 머리끝까지 치민 장군이 그 다음 내게 무슨
짓을 할지 은근히 걱정되었다.

심사숙고한 결과 나는 용감해지기로 했다. 이 상황에서 잠

깐 몸을 피하기로 마음을 굳게 먹었다. 그리고 아직까지 나는 검정색 하이힐과 도망 중이다.

유령

해변이 아름다운 작은 도시에서 사는 G는, 바다라면 연상되는 태양 빛에 그을린 탄탄한 피부를 갖고 있지 않았다. G가 하얀 머플러를 바람에 휘날리며 산책하는, 단순히 바다를 좋아하는 소녀인줄 알았다. 거의 한달 동안 바다바람에 까맣게 탄 내 얼굴은 G의 하얀 낯빛과 대비되어 보였다. 그녀는 산에서 살았던 늑대아이처럼 야성적이면서 어찌 보면 숲의 요정처럼 기묘하게 아름다웠다. 오후 해변이 보이는 거리를 산책할 때마다 나는 G와 조우했다. 우리는 가벼운 인사와 눈웃음을 나눌 뿐이었다. 하루는 그녀가 내가 두 달 예정으로 묵고 있는 바닷가 별장으로 놀러왔다.

G는 은색 가죽과 하얀 망사로 만든 하이힐을 신고 왔다.

미동도 없는 그녀의 상체는 가늘었다. 속이 비치는 연회색 시스루 치마에는 다리 그림자가 휘청거렸다.

그날 밤을 나는 그녀와 함께 보냈다. G의 몸에는 수천 볼트 전기가 흐르는 것 같았다. 믿기 어렵겠지만 이후 그녀와 섹스가 끝날 때마다 나는 전기에 감전된 것처럼 기절했다. 정신을 차리면 그녀의 머리카락은 미친 듯이 곤두서서 산발한 모습이었다. G는 손가락 끝을 전기콘센트에 꽂아 넣기라도 한 것일까. 하지만 나뭇가지처럼 뻗친 머리카락을 G는 개의치 않았고 오히려 자신의 그런 꼴을 즐기는 것 같았다. 그녀는 그해 여름 한 달 동안 나를 계속 혼절시키려고 찾아왔다. 평일 낮에 그녀는 시내 상점에서 일을 했고 나는 바닷가를 오가며 스케치 작업에 몰두했다. G가 어디에 사는지, 어디에서 오고 어디로 가는지, 알 수가 없었다. 자유로운 영혼을 지닌 그녀는 별장을 드나들기를 맘대로 하였다. 그날 그 시간 분명히 나하고 이곳에 있었는데 다른 여러 곳에서도 같은 시간에 그녀를 봤다는 소문이 들리기도 했다. 하여간 이상한 아우라를 지닌 여자였다.

밤에 일부러 G를 두 팔로 품에 꼭 끌어안고 자기도 했다. 내게서 빠져나가지 못하도록 말이다. 십 분이 지나기도 전에 어김없이 혼절한 나는 잠 속으로 빠져 들어갔고, 그녀는 흔적도 없이 사라졌다. 손에 잡은 모래알처럼 빠져나갔다. 다시 나타난 그녀는 그러기를 반복했다.

별장을 떠날 날이 모래로 다가오자 나는 초조해하며 G에게 사랑을 고백했다. 그녀는 핏기가 가신 얼굴에 미소를 담고 꼭 나를 만나러 서울로 가겠노라고 약속했다. 그 후 그녀는 소식이 없었다. 나 또한 작업이 바쁜 핑계로 잊고 지냈다. 가끔 G가 생각났다. 그렇다고 G를 아주 잊은 것은 아니었다. 다음해 여름 주말을 틈타 무작정 나는 그 해변 도시로 가서 그녀를 수소문했다. 그 좁은 도시에서 그녀의 행방을 아는 사람은 아무도 없었다. 그녀라는 존재는 이 세상에서 아예 유령처럼 사라진 것이었다.

그렇게 사라진 G가 우연히 나타난 것은 몇 년이 흐른 뒤였다. 그녀는 약간 지쳐보였지만 여전히 야성적이고 아름다운 비밀을 품고 사는 듯이 보였다. G 곁에는 그녀처럼 하얗고 귀여운 작은 여자아이가 엄마의 손을 잡고 있었다. 머리카락 위에는 작은 나무덩굴이 피어 있고 모녀는 나를 보고 활짝 웃어주었다. 그 후로는 모녀의 소식을 알 길이 없었다. 점쟁이에게라도 물어보고 싶은 심정이었다.

점쟁이

생일파티에서 한번 본적이 있는 T는 첫눈에 인연이라는 것을 믿었다. 나를 보고, 나의 목소리를 듣고, 언젠가 우리가 함께할 것 같은 예감이 들었다고 했다. 그러나 나는 인연보다 우연의 일치를 믿는 쪽이었다. 언제나 이별한 후에는 다음 이별이 기다리고 있었기 때문이었다. 우연치고는 너무나 기이하게도 나는 T를 사랑했다.

— 네가 내게로 오리라고는 생각하지 않았어. 그런데 여기

네가 내 앞에 있잖아.

— 나도 너를 사랑하리라고는 어찌 알았겠어. 근데 내가 여기 네 곁에 있잖아.

인생이 차라면 그 차의 운전대를 잡은 건 나였다. 나는 T에게 함께 미래를 향해 안전하게 갈 것이라고 약속했었다. 그러나 열심히 노력해도 미래는 너무 멀었다. 나는 신호를 무시하고 서둘러 성공을 향해 내달리고 싶었다. 국전에서 입선은커녕 예심에서 연거푸 떨어졌다. 어느 순간 계곡 아래로 처박힐지 모를 내 예술적 도전을 T는 불안해했다.

시간이 흘러 T는 우리가 헤어지기 달포 전에 이미 각자가 다른 길로 갈 것을 예감했다. 사실 예감은 아니었다. T는 나를 만나는 중에 이미 미국에 사는 남자와 맞선을 봤고 대학원을 졸업하는 대로 미국으로 떠날 예정이었다. 미래가 불투명한 조각가 보다는 신학대학을 나와 전도가 밝은 전도사에게 시집을 가기로 한 것이었다. 하느님마저 그녀 편에 서자 오랜시간 나는 비참했다. 마지막 날을 함께 보내고 T는 갔다.

초록색 벨벳 천으로 만든 하이힐을 신고 T는 떠나버렸다.

하이힐을 신고 멀어져가는 여자의 뒷모습, 흔들리는 발과 다리는 늘 슬픔이 묻어있었다. 앞으로 다시는 만나볼 수 없을 것이라는 T의 예언은 나를 자극했다.

— 헤어지는 기념으로 내가 네게 보여줄 것이 있어.

나는 담배연기를 깊숙이 빨아들였다. 담뱃불로 왼쪽 손등을 지져 화인을 만들었다. 생살이 타는 아픔 때문에 손가락이 부들거렸다. 악다문 입술을 겨우 벌리고 나는 말했다.

— 상처를 내 몸에 간직하겠어. 너를 사랑한 기념으로.

그녀의 눈물을 보자 나는 다시 무감각한 상태로 돌아왔다. 마음속으로는 슬픔이 흘렀다. 그리고 지금 그녀와 내 사랑은 정신과 육체뿐만 아니라 유전자로 각인되어 후대로 전달될 것이었다. 그런 생각을 하니 마음에 평화가 찾아왔다.

* 세바스찬 에라즈리즈의 '열두 명 애인을 위한 열두 개 하이힐' 조각 전시에 등장하는 사진과 메모에서 영감을 받아 소설을 썼다. 극단 새녘은 2016년 11월 22일부터 30일까지 서울 대학로 피카소소극장에서 연극 '하이힐 다이어리'를 공연했다.

「낮달이 지다」 이렇게 읽었다 _ **윤한로** 시인

술을 마시고, 여자를 마시고, 시를 마시다

낮달이 지고 있다

아, 뱃머리만 남기고

모든 사랑이 송두리째 가라앉았다

세월아, 세월아

여기, 우리만 이렇게 남았구나

이제부터 우리는 너도 나도

간특하고 비열하고 파렴치하고 뻔뻔스럽고

부끄러움도 모르는 인간들

장수말벌 한 마리가 유리창과 방충망 사이에 끼여 필사적으로 날개를 떨고 있다. 탈출구를 찾느라. 머리가 쿡쿡 쑤신다.

여자는 누구인가? 섹스는 괜찮지만 사랑에 빠지는 것은 원

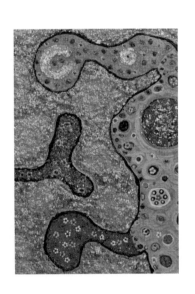

하지 않는다. 똑같은 고백, 똑같은 음식, 음악, 영화 따위 반복되는 자질구레한 소품들, 소모되는 존재가 싫다. 여자의 절망과 외로움을 이해하고 텅 빈 마음을 채워줄 사내는 없다. 남자는 누구인가? 여자의 미모는 남자를 미궁에 빠뜨린다. 여자를 어디서 본 적 있는 듯하다. 그러나 낯설다. 혼란스러운 존재일 뿐이다. 내일이면 다시 새와 물고기와 벌레와 짐승들의 모습으로 나타났다 사라질 존재일 뿐이다. 미모를 반감시킬 수 있는 단점을 찾아내려 애쓴다. 여자의 웃음소리가 귀에 거슬린다. 거울로 시선을 준다. 어느덧 거울 속에는 서로를 모르는 두 남녀가 앉아서 술을 마시고 있다.

　세상은 완연한 봄날이다. 그러나 도시는 매우 나쁨 단계의 미세 먼지, 활짝 폈던 벚꽃이 지고 있다. 이미 침몰한 기억 속에는 사랑의 결실, 한두 살 먹은 여자아이가 욕조에 빠져 허우적거리고 있다. 그 시간, 개인을 넘어 시대는 뱃머리만 남긴 채 커다란 여객선 한 척을 바다 속으로 삼킨다. 그 어떤 의미도, 비유도, 상징도, 표현도, 사건도, 상상도, 이미지도 다 깔아뭉개고. '다시 만나요, 4월 16일, 수요일 오후 세시', 그러나 이미 침몰한 영혼들.

　요즘 시나 소설 읽기가 두렵고 역겹다. 한갓 비닐이나 스티로폼 같은 감정 또는 감각을 조립, 조련하고, 관찰과 묘사라는 것들은 하나같이 영혼도 없어, 대형 마트 상품 진열하듯, 하다못해 구멍가게 좌판이라도 늘어놓듯, 거기에다 애법 먹물 식자께나 들었다고 서양식 발상과 사색 찌꺼기를 가져다 쥐어짜, 순진무구한 독자들을 가르치고 적당히 길들이려 하니, 장난 노나? 그 문장이란 것들, 파괴를 넘어 이미 변태 수준까지 갔다.

박인의 문장은 역겹지 않아서 다행이다. 아직도 저 창작의 산고에 뒹굴던 퀴퀴한 골방, 사타구니 냄새 풀풀 나는, 팔십 년대 그리운 습작 시대 문장이다. 좀 서툰 듯, 거친 듯, 끈적끈적한 무엇인가 묻어난다. 그런가 하면 박인의 언어들은 왠지 서사와 같이 가기를 따분해 한다. 박인의 언어들은 시의 속도와 촉수를 지녔다. 선천적으로, 삐딱하니, 스토리보다는 무언가 본질과 진실에 닿고자, 집중하고 긴장하는 종자들이다. 아무튼 〈낯달이 지다〉는 어려운 곳도 더러 있지만, 그건 그 문장들이 박인의 삶 자체 주름이나 굴곡에 적어도 몇 번은 뒤틀렸기 때문이리라.

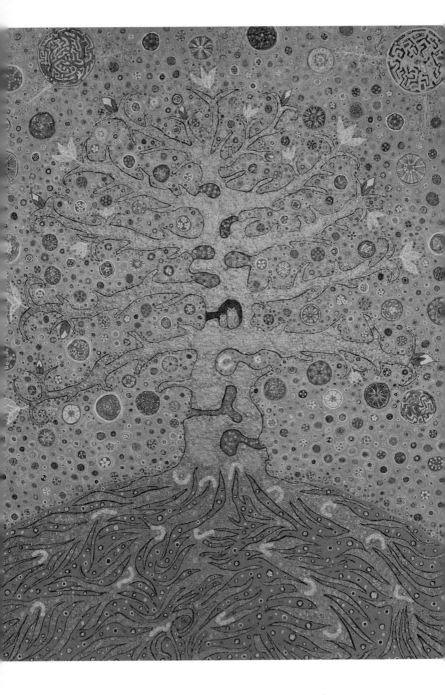

낮달이 지다

씻어도 지워지지 않는 상처

물처럼 흐를 줄 알았지

곪아터진 시간 위로 솟는 눈물

얼마나 많은 세월이 지나야 잊어질까

당신이 건너온 아득한 공산

슬픔이 뿌리 내리는 회색빛 계곡

썩은 열매 떠다니는 하구에서

산산이 부서지는 만월

그 달빛마저 사라진 검은 바다

4월 16일 오전 8시 49분.

여객선 한척이 몽골수도에서 49분 37초부터 56초까지 19초간 오른쪽으로 45도 선회 후 다시 22도 추가 선회한다.

그 시각, 연차 휴가를 낸 그는 오랜 만에 늦잠을 잤다. 거인이 되어 세상을 뛰어넘는 꿈을 꾸었다. 발 앞에 엎드린 세상을 향해 그는 오줌을 누었다. 이러다 진짜 이불에 지도를 그리면 어쩌지? 걱정하다 그는 다시 숙면에 빠졌다.

한두 살 먹은 여자아이가 욕조에 앉아있다. 아이는 비누거품을 가지고 놀고 있다. 엄마목소리가 들리지 않는다. 엄마가 없다. 아빠를 찾았지만 없다. 아이는 울면서 엄마를 부른다. 일어서다 발이 미끄러진다. 욕조 턱에 머리를 부딪친다. 물을 들이킨다. 엎어져서 허우적거린다. 손을 뻗어 장난감이라도 잡으려다 이내 미동도 없다. 한참 후 방에서 나온 엄마 아빠는 외마디 소리를 지른다. 아빠가 숨이 끊긴 아이를 안고 울부짖는다. 엄마의 비명이 이어진다.

8시 51분.

단원고 최○○ 학생이 최초로 신고전화를 한다.

살려주세요! 배가 침몰하고 있어요! 경도와 위도를 대라. 네? 배의 위치는? 네? GPS 위치는? 네? GPS! 네? 선박이름이 무엇인가? 세월호!

그가 잠든 사이 세월호가 침몰하고 있었다.

8시 58분.

선장 지시에 따라 움직이지 말고 가만히 있으라는 선내 대기 방송 9시 50분까지 6차례 반복된다.

9시 46분.

선장 및 조타실 내 선원들 배에서 탈출한다. 탈출한 후에도 선내에서 대기하라 방송한다.

10시 17분.

배가 108,1도로 급격히 기운다. 모든 갑판과 난간이 물에 잠긴다.

진짜, 죽는다고, 배가 뒤집혀졌어(생존자 김○○ 카톡). 우리 진짜 죽을 것 같아, 내가 잘 못한 것이 있으면 다 용서해 줘. 사랑한다(고 김△△). 바다가 창문 앞쪽에 있어(고 김■■). 막 컨

테이너 떨어지고, 방 안 기울기가 45도야(고 김☆☆). 엄마 내가 말 못할까봐 보내놓는다. 사랑한다(생존자 신○○). 나 무서워, 너무(고 한○○). 저희 배에서 있어요(고 정○○). 지금 더 기울어(마지막 카톡 고 박○○). *

비명을 지르는 꿈에 놀라 늦잠이 깬 그는 가까스로 눈을 떴다. 머리가 쿡쿡 쑤셨다. 늘 여자아이가 등장하는 비슷한 꿈을 꾼다. 깨고 나면 꿈 내용은 두통에 묻혀 사라졌다. 일어나자마자 전날의 흔적이 남아 있을 지갑을 바지 뒷주머니에서 꺼냈다. 반으로 접힌 메모지가 방바닥에 떨어졌다. 메모를 집어든 그는 그것을 펼쳐보았다.

'다시 만나요. 4월 16일 수요일 오후 3시. 광화문 몽로.' 또박또박 적혀있는 여자의 필체. 도대체 누구란 말인가.

손지갑에서 나온 네 장의 영수증에 기록된 장소와 시간을 보았다. 저녁 8시 15분에 찍은 카드영수증에 의하면, 일차로 어제 저녁 그는 거래처 회사 영업팀 4명과 홍대 근처 갈매기 횟집에서 소주 두 병씩을 반주 삼아 마셨다. 두 번째 영수증은 광장 치킨에서 생맥주를 10시 30분까지 마셨다고 찍혔다. 구매물류팀에는 그가 평소 절대 미인이라서 남자가 쉽게 접근할 수 없다고 놀리던 노처녀가 두 명 있었다. 그 중에 하나일까. 고심 끝에 그는 3차 노래방에 가서 한 시간 동안 노래를 부르고 소맥 몇 잔을 마셨다는 사실을 기억해냈다. 밤 12

시 전에 영업팀과 노래방 들렀다가 헤어진 건 분명했다. 그나저나 3차 노래방 술값은 누가 냈을까? 노래방 영수증이 안 보였다. 1차와 2차는 법인 카드로 결제했고, 세 번째 영수증은 노래방이 아닌 '섬'이라는 카페에서 새벽 3시 정각에 찍힌 그의 개인카드로 지불된 것이었다. 왜 혼자 섬에 간 것일까. 그는 섬에 들른 기억이 가물거렸다. 노래방에서부터 필름이 끊어졌을까. 속이 쓰린 그는 냉수를 들이켰다. 취하면 즐겁고 깨면 고통스러운, 그저 그만인 별로 대수롭지 않은 술자리였다. 섬에서 만난 여자가 아닐까. 외로운 술꾼끼리 시답잖은 얘기나 주절대다가 다시 만날 약속을 한건 아니었을까. 마지막 영수증은 새벽 3시 25분 22초, 달빛 아래 찍힌 택시비였다. 그는 앞이마에 흘러내리는 머리카락을 손가락으로 빗어 넘겼다.

수요일. 완연한 봄날이었다. 활짝 핀 벚꽃이 지고 있었다. 간만에 쓰는 연차인데 그는 할 일이 없었다. 연차를 낸 어제 새벽까지 그는 술을 마셨다. 속이 쓰렸다. 그는 거실 소파에 누워 얼굴도 성도 모르는 여자와의 만남을 상상했다. 그가 할 수 있는 일이란 단지 그것뿐이었다. 술과 여자. 여자와 술을 마신다. 술이든 여자든 결국 세월이 흐르면 잊어지는 것이었다. 그믐밤 달빛 조명이 어두운 섬 구석자리에 다리를 꼬고 앉아서 금지된 담배를 피우는 여자.

맥주잔을 들고 낯선 사람들에게 은밀한 눈길을 여는 그런 여자는 아닐까. 그 여자의 눈과 나의 불안한 눈이 허공에서 만나 얽혀 버린 건 아니었을까. 그런 여자겠지. 모르는 사내들 명함에 만날 약속을 명기해 두는. 생면부지의 남자에게 추파를 던지다니. 하긴 잘 아는 사이인데도 수틀리면 하루아침에 모른다고 잡아떼는 세상이 아닌가. 그러니 반대로 타인일지라도 서로 알고 지내자고 손을 내미는 걸 무작정 탓할 수는 없을 터.

그는 메모지를 방바닥에 집어 던졌다. 누구일까, 이 여자는?

침대에서 일어난 그는 명상을 했다. 기억력을 높여주는 뇌 훈련 방법이었다. 심한 건망증 때문에 간 신경정신과에서 '결핍기억증후군'이라는 감별진단을 받았다. 뇌를 스캔해본 결과, 그의 뇌는 손상이나 질환이 없는 정상 소견이었다. 다만 의사는 과거의 특정한 기억을 떠올리려고 할 때 자전적 기억과 연관이 있는 뇌 영역이 덜 활성화될 수 있다는 설명을 하고 추가정밀검사를 권했다. 검사 결과 그의 오른쪽 해마가 정상인보다 조금 작았다. 이 병에는 별 다른 치료 방법이 없었다. 뇌 속 해마를 활성화시키는 기억력 훈련법에 관한 안내서를 받았을 뿐이었다.

기억력을 높이기 위해 그는 책을 크게 읽었다. 그는 뇌를 자극하기 위해 평소 쓰지 않던 왼쪽 손을 사용하여 펜으로 시와 편지를 썼다. 그리고 몸에 휴식을 주기 위해 상사 눈치를 살피며 연차 휴가를 꼬박꼬박 찾아서 썼다. 그의 회사 내 직무수행능력은 우수했다. 그는 정상적인 사회생활을 했다. 다만 과거에 발생했던 특정 사건이나 만났던 여자들을 기억해내기가 어려웠다. 과거를 온전히 기억하는 게 아니라 특정상황을 편집해서 기억했다. 과거에 잘 알고 있던 사람을 잊어버리는 기억상실증이 그를 괴롭혔다.

11시 5분전.

그는 티브이를 켜고 뉴스를 보았다. 배가 침몰하고 있었다. 뱃머리 일부만 남겨둔 채 바다에 뜬 여객선이 완전히 침몰하고 있었다. 화면에 불안한 시선을 고정시킨 채 그는 충격에 휩싸였다. 물에 빠진 사람들이 전부 죽은 건가? 손바닥에서 땀이 났다. 불안해진 그는 냉장고에서 찬 물을 꺼내 컵에 따라 마셨다. 심호흡을 해도 흥분이 좀체 가라앉지 않았다. 그리고 그 순간 티브이 화면에 '단원고 학생 전원구조'라는 자막이 떴다. 채널을 돌려 봐도 모두 같은 전원구조 자막이 떴다. 앵커와 기자들이 한 입으로 전원이 구조됐다는 멘트를 내보냈다. 그러면 그렇지. 휴우. 그는 안도의 한숨을 내쉬었다. 마지막으로 그는 공영방송 보도를 통해 탑승객 전원 선박 이탈을 확인하고 티브이를 껐다.

티브이를 끄자 갑자기 그가 서른 번쯤 만나고 헤어졌던 과거의 어떤 여자가 떠올랐다. 외로움을 견디지 못하는 그는 친구들을 불러내 술을 마셨다. 술을 마시는 나날이 이어졌다. 우연히 한 여자를 사귀게 되었다. 그녀의 별명은 카르멘이었다. 그는 다른 남자들이 그러하듯이 카르멘을 미치도록 사랑했다. 그토록 기다리던 진실한 사랑이 그녀라고 믿었다. 내심 결혼을 생각하며 지냈지만 카르멘은 일탈을 꿈꾸었다. 섹스 몇 번으로 관계를 끝내려 했다. 그녀가 느끼는 허전함을 누구도 채워 주지 못했다. 카르멘이 그토록 찾아 헤매는 것은 무엇이었을까. 많은 돈과 권력을 쥔 잘 생긴 사내였을까. 그녀의 절망과 외로움을 이해하고 텅 빈 마음을 채워 줄 남자는 없었다.

도무지 종잡을 수 없는 여자였다. 서울에 사는 수만 명 유사 카르멘 중의 하나인 그녀는 밤이고 낮이고 우울병이 도지면 그를 불러냈다. 시도 때도 없이 전화를 걸어 자신이 얼마나 불행한지 한탄했다. 그는 적극적으로 그녀의 고통과 불행을 끌어안았지만 그럴수록 카르멘은 저만큼 물러났다. 다가오고 멀어지는 그녀는 남녀심리의 대가였다. 다른 사내가 생기자마자 그와 동거 중이던 카르멘은 그를 차버렸다. 상실감과 실연의 아픔으로 인해 달포를 넘기자 그는 몸무게가 십여 킬로 줄었다. 몇 번의 자살시도 후 그는 거의 석 달 동안 정신병원에 입원했다 퇴원했다. 핸드폰을 붙들고 전화를 기다리는 불면의 밤이 몇 달 지났다. 그는 다시 술꾼이 되었다. 그의 기억에서 그녀는 사라졌다. 그녀가 사라지자 누군지 모를 죽은 아이의 기억만이 꿈에 남았다.

절망에 이르는 병에는 흐르는 시간이 특효약이었다. 그는 혼자 살아야 할 운명을 받아들이기 시작했다. 자신을 지키는 법을 배웠다. 어느새 그는 혼자 있어도 할 일이 생겼고 심지어 바쁜 나날을 보냈다. 이 세상 누구나 따지고 보면 결국 혼자라는 사실을 받아들였다. 사색의 우물에 빠져 지내는 나날이 이어졌다. 힘이 들면 잠을 잤다. 잠이 들면 여자아이가 물에 빠져 죽는 꿈을 꾸고 깨어났다. 무료한 하루가 또 시작하는군. 무척 습한 기운이 느껴지는 좁은 방 안, 그의 머리에서 빠져 나온 두 음절의 여자가 떠다니다가 울림으로 변해 귀를 간질였다. 장수말벌 한 마리가 유리창과 방충망 사이에 끼여 탈출구를 찾느라 필사적으로 날개를 떨었다. 도대체 여자, 하필이면 여자, 또 다시 여자, 어쩌자고 여자……. 좋은 세월은 다 지나갔다.

누구일까.

여자가 쓴 메모지를 집어든 그는 모르는 여자를 만나려고 외출준비를 했다. 우선 그는 화장실로 가서 면도를 했다. 세면대 거울 모서리에 메모를 끼워 넣고 손바닥으로 얼룩이 진 유리를 문질러 닦았다. 초췌한 그의 얼굴이 비쳤다. 그는 목을 움츠리고 어깨를 세워 보았다. 머리털은 떡이 졌고 술기운이 남은 얼굴엔 수염이 무성하였다. 턱에 비누거품을 바르고 면도기를 집어든 순간 클래식 음악이 들렸다. 그는 고개를 들고 귀를 열었다. 노래는 욕실 푸른 창문을 넘어왔다. 그는 창문을 열고 파란 하늘을 보았다. 창밖에서 아무런 소리도 들리지 않았다. 창을 닫고 귀를 다시 기울였다. 평소 온갖 소리가 넘어오는 오피스텔 얇은 벽을 통해 소프라노 음성이 들렸다. 노래 소리가 이내 잠잠해졌다. 샤워를 마치고 향수를 뿌리자 그는 기분이 상쾌했다. 그는 검은 바지에 흰 티셔츠와 검은 재킷을 입었다. 검정색 스니커즈를 맞춰 신고 지하철역으로 걸어갔다.

봄날 오후인데 춘풍도 불지 않았다. 일찍 찾아온 이상고온 현상으로 인해 끈끈한 무더위가 잠시도 그를 가만두지 않았다. 면도 자국을 손끝으로 문지르며 그는 이제부터 자신이 해야 할 일을 계획했다. 손목시계를 들여다보았다. 큰 바늘과 작은 바늘이 거의 일직선으로 뻗어 있고 초침이 부지런히 움직이고 있다. 약속 시간은 오후 3시. 두 시간 정도 비어 있다. 무얼 하면서 시간을 때우나. 5호선 지하철 광화문 1번 출구로 나와 한동안 새문안 거리를 배회했다. 이마에 맺힌 땀을 식히려고 가로수 그늘 아래 서서 거리의 상점들을 바라보았다. 배가 고픈 그는 식당에 들어갔다. 여자를 소개팅으로 만나면 일차부터 술집에 가는 버릇을 떨쳐내려고 그는 무진 애를 써왔다. 식사를 하면 당연히 반주로 소주를 시키고 건배를 제안했다. 당신이라면 처음 보는 여자에게 감자탕을 먹으러 가자고 하겠는가. 첫 대면에 누가 돼지뼈다귀를 뜯어 먹겠는가. 자욱한 미세먼지 때문에 그는 재채기를 연거푸 했다. 그는 빠른 걸음으로 상점들 건너편으로 건너갔다. 세종문화회관을 끼고 우측으로 돌아 세종로 공원으로 들어갔다. 공원 벤치에 앉아 스마트폰을 꺼내 네이버 검색창에 '광화문 몽로'를 검색한 다음 지웠다. 5분 거리이므로 남는 시간 동안 그는 세종로를 건너 광장으로 갔다. 광장에서 그는 이순신 장군 동상과 세종대왕 동상을 번갈아 바라보았다. 목이 칼칼한 탓인지 막걸리 생각이 났다. 사람들이 깃발아래 서 있거나 무리지어 오고 가는 광장을 거쳐 그는 서점으로 들어갔다. 신간서적을 읽으면서 그는 오늘 만날 여자를 생각했다. 도대체 누구란 말인가. 약속 30분전에 설정한 스마트폰 알람 소리를 듣고 그는 광화문 사거리로 나왔다. 여름 한 낮 열기는 이 거대한 시가지를 녹일 기세로 덤빈다. 여전히 시정거리를 가리는 '매우 나쁨' 단계의 미세먼지 장막. 그는 검은 마스크를 꺼내 입에 썼다. 사거리에 멈춰선 그는 언론사 옥상 대형 스크린이 알리는 긴급뉴스를 바라보았다.

1시 30분.
중앙재난안전대책본부는 368명이 구조되었다고 해경이 집계한 오류를 발표.

2시경.

1차구조자 명단 공개. 생존자들의 증언이 인터뷰에 나오기 시작. 학생들 위험하므로 선내에서 그대로 대기하라는 선내 방송과 침몰하기 바로 직전에 바다로 뛰어내리라는 말을 들었다고 증언.

배는 뒤집혀 천천히 가라앉고 있다. 배 안에 갇혀 창문을 두드리는 사람이 마치 자신인 것처럼 그는 강한 충격을 받았다. 아이들이 물에 빠져 죽는다는 말에 불안해진 그는 서둘러 걷기 시작했다.

입사 10년이 넘도록 만년 대리인 그는 취미나 특기를 갖지 못했다. 신상명세서의 취미나 특기 란에 써넣을 것이 없었다. 언젠가 취미를 등산으로 삼은 그는 몇 달 동안 산을 오르기도 했다. 물집과 굳은살이 잔득 생긴 발바닥을 내려다보며 영광의 상처를 떠올렸다. 그는 산이 그곳에 있기에 산에 오른다는 에드먼드 힐러리 경의 말을 실천했다. 결국 발바닥 근막에 염증이 생겨 고생한 그는 눈앞에 금강산이 있어도 다시는 오르지 않기로 결심했다. 취미란 사소한 것을 넘어선 특별한 일이라 여겼다. 자신을 보통사람이라 생각했던 그는 차츰 자신에게서 남과 다른 점을 발견했다. 그것은 자신의 기억재생이 엉망이라는 점이었다. 그는 그 사실을 인정하고 싶지 않았다. 가령 라면을 사기 위해 한참 동안 엘지마트 안을 기웃거리다가 빈손으로 돌아온 날이었다. 방 안에 누워 자신이 왜 마트에 갔는지를 기억해 내려고 거의 앓다시피 했다. 이런 경우 그는 무척 배가 고프다. 공복에서 힌트를 얻어 다시 편의점으로 달려가곤 했다. 그럴 때마다 요즘 업무과다 회사일로 무척 피곤하다는 것을 느낄 뿐이었다.

어느 날 술에 만취한 그는 막다른 골목길에 서 있었다. 시야를 가로막은 벽을 바라보며 언젠가 와 본 적이 있다는 기시감을 느꼈다. 가로등 불빛 아래 그의 코 그림자가 길게 늘어나 벽면에서 흔들렸다. 그날 그는 그곳 골목집들의 초인종을 모두 눌렀다. 누구세요? 접니다. 저가 누구죠? 저를 모르시겠어요? 당신 목소리는 전혀 낯설지 않군요. 누구야? 미친 사람인가 봐요. 경찰을 부르기 전에 어서 꺼져!

술 때문이었다. 전날 과음하면 아무 것도 기억해 낼 수가 없었다. 누구와 술을 마시고 어떻게 집에 돌아왔는지 알 수 없었다. 그는 베개에 얼굴을 파묻고 알만한 주변 인물들의 이름이나 실제 얼굴을 떠올려 보려고 애를 써 보았다. 우선 거래처 회사의 영업팀장 조과장이나 관리팀 김 대리의 외모의 특징을 머릿속에 그려 보았다. 모든 일에 지나치게 상세한 기억능력을 가진 조 과장은 키다리이며 뱁새눈이다. 주의력이 산만한 김 대리는 땅딸보에다 매부리코를 가졌지. 과연 그런가? 정오에 일어나 숙취에 절은 얼굴로 거울을 보면 낯 선 남자가 앉아 있곤 했다. 머리는 헝클어지고 막걸리와 김치 국물이 묻은 겉옷은 뒤집힌 채 방바닥에 뒹굴고 있었다. 누구십니까? 도대체 왜 그러십니까? 숙취에 절은 그는 거울에 비친 봉두난발한 남자에게 물었다.

사십 초반인 그가 독신이라는 사실은 주변 사람들에게 약간의 호기심을 불러 일으켰다. 미혼인 그는 회사 여직원회 모임에서 기호식품이나 술상 안주거리처럼 씹혔다. 여직원들은 입이 심심하다는 듯 그를 주전부리로 삼았다.

그는 어딘가 모르게 쓸쓸해 보이지. 그건 한 여잘 사랑했다가 버림받고 난 후 평생 혼자 살기로 작정했다나 뭐래나. 언젠가 술 같이 먹고 취해서 어떤 여자 이름을 부르며 사랑한다고 발악을 하더니만 다시 사랑 같은 걸 하면 손가락에 장을 지지겠다나 뭐래나. 남자가 주변머리가 없어서 그런 소릴 하는 거야. 결혼할 여자가 먼저 죽었다는데요. 백혈병으로. 다른 남자들 같았으면 얼른 애인 갈아타고 놀아날 텐데. 유별나기도 하지. 죽은 여잘 잊지 못해 저렇게 혼자 지낸다니. 혹시 그게 불구야냐. 그렇지 않고서야 사지가 멀쩡한 남자가 그걸 어떻게 참아. 남자는 절대 못 참아.

절대 그런 것 때문은 아니었다. 혼자 사는 게 어때서. 얼마나 편한데. 결혼 얘기 자체가 싫은 그는 가족과 친구들에게서 멀어졌다. 그가 아직 독신인 것은 한마디로 말해 기억력 탓이다. 그는 곧 잊힐 인간들 중 하나일 뿐이었다. 그렇게 머리가 안 돌아가서 세상을 어떻게 살아가겠느냐며 남 걱정하기 좋아하는 사람들의 빈정거림을 그는 시원스럽게 받아주었다. 맞물린 톱니처럼 돌아가는 세상에 발맞추느라 머리를 짜고 또 짜내며 버둥대는 인간들보다 행복하지 않을까. 다만 그는 연상 작용이 서툴렀다. 거래처 박 과장은 땅딸보에 뱁새눈이다. 아니다. 최 대리는 키다리에 매부리코다. 아니다. 그럴수록 그는 더욱 혼란스러웠다.

2시 50분까지 그는 약속장소 근처를 맴돌았다. 누구일까. 이 지경이 되도록 내버려두고 책임을 회피하는 자들은 누구일까. 그는 알 수 없었다. 미궁에 빠진 느낌이었다. 그는 핸드폰에서 세월호 관련 포털 뉴스를 골라 읽었다. 아이들이 여객선에 타고 침몰하는데 선장 놈은 대체 무얼 하고 있는 거야. 방송에서는 전원 구조했다고 떠들더니. 지금도 시중에 떠도는 괴담과 유언비어에 속지 말라는 거짓말을 하고 있겠지. 왜 이런 일이 일어났을까. 이제 바다에 가면 세월호가 먼저 생각나겠지. 남의 일 같지 않았다. 그는 자리에 주저앉았다.

통증이 심한 무릎을 펴며 그는 약속장소를 찾았다. 땀방울이 등을 타고 흘러내렸다. 두 시간을 넘게 거리에서 따가운 봄볕을 견디며 서성거렸다. 그는 이제 곧 만나게 될 여자 얼굴이나 이름 따위를 기억해 보려고 했다. 누구일까. 알 수 없었다. 생각을 한 곳에 모으면 모을수록 미궁 속으로 빠져드는 기분이 들었다. 여자의 이름 대신 도리어 새, 짐승, 벌레, 고기들의 이름이 무작위로 떠올랐다. 방울새, 방울소리 들린다. 사자, 사자 무를 춘다. 돈벌레, 징그럽다. 놀래미, 연목구어. 그는 과녁을 향해 선 궁사처럼 심호흡을 하고 기억이 되살아나기를 기다렸다.

그는 바퀴벌레를 떠올렸다. 수레바퀴. 일상으로 굴러가는 수레바퀴. 그는 피곤하다고 생각했다. 수많은 벌레들이 그의 기억 속에서 꾸물거렸다. 그는 피곤해서 일이 풀리지 않는 거라고 스스로를 위로했다. 상대가 알 수 없는 여자라는 것 외에는 확실한 게 하나도 없었다. 결국 그는 사고의 원점으로 돌아가려고 했지만 이젠 여자를 만나기로 한 카페 이름조차 기억나지 않았다. 그는 메모지를 집에 남기고 온 것을 후회했다. 스마트폰을 켜고 검색창을 열었지만 최근 검색어 전체를 삭제했는지 아무 것도 없었다.

거리를 메운 사람 홍수에 휩쓸리며 그는 카페 이름을 기억해 보려고 애를 썼다. 꿈을 꾸고 있는 것일까. 새는 분명 새인데 꿈속에서조차 날아오르지 않는 새는 무슨 새일까? 그는 수수께끼를 풀었다. 새 이름을 떠올리면서 생각날 듯 말듯 한 꿈길을 걸어갔다. 산에 사는 새? 들에 사는 새? 바다에 사는 새? 바다! 바닷새? 맞아 바닷새! 결국 그가 카페 이름을 기억해 낸 것은 길모퉁이 건물에 걸린 간판들을 무심코 바라본 순간이었다. 현실과 동떨어진 꿈을 꾸고 있는 것처럼 눈앞에 간판들이 몽롱하게 보이는 순간이었다. 몽로! 수십 개 간판 중

푸른 바탕에 흰 글씨로 쓰인 글자를 천천히 읽었다. 인적이 끊어진 바닷가에 홀로 서서 몰려오는 안개를 본 것처럼 그는 탄식했다. 아, 산다는 일이 한바탕 꿈길이로구나! 긴장이 느 슨하게 풀리자 아픈 허리로 저절로 손이 갔다. 그는 카페 실 내를 살피며 여자를 찾았다.

누구일까? 인스타그램 친구일까. 페이스북 친구일까. 구스 타프 말러의 '대지의 노래' 6악장 고별 노래가 흐르고 있었 다. 카페 구석자리에서 누군가 그를 향해 손짓을 했다. 그는 마른 침을 삼키며 그곳으로 걸어갔다. 여자와 그는 동시에 마 주보았다. 정확히 말해서 선글라스를 쓴 여자를 그는 내려다 보았다.

"저를 알아보시겠어요?"

낭랑한 음성이 그의 귀를 간질였다.

"누구신지요?"

그는 검은 마스크를 벗어 재킷 안 호주머니에 넣고 말했다. 여자가 쓴 검푸른 빛깔의 안경이 조명 불빛을 받아 반짝였다. 여자가 장님인가 하고 그는 생각했다. 여자의 얼굴을 바라보 며 그는 자리에 앉았다. 여자는 담배를 꺼내 입술 사이에 끼 워 물었다가 그가 금연 안내문을 가리키자 다시 집어넣었다.

냉정한 이 여자는 누구지? 그러나 저 얼굴은 어디선가 본 적이 있는 듯했다. 그는 여자의 등 뒤 벽에 걸린 그림을 쳐다 보았다. 술잔을 돌리며 거나하게 취한 일곱 난쟁이들을 그린 그림이었다. 난쟁이 두 명은 벌써 쓰러진 채 곯아떨어졌다. 머리카락이 무릎까지 치렁하게 내려 덮인 가장 연장자인 난장이는 썩은 이를 드러내며 술잔을 들었다. 여자는 장님이 아니었다. 다만 여자의 눈길이 어디에 있는지 알 수 없었다. 흰 얼굴빛에 윤기 흐르는 검은 머리. 연골일 것 같은 가느다란 어깨의 곡선은 사내들을 몽상에 젖게 만들기에 충분했다. 모든 것이 흑백처럼 느껴지지만 여자 입술은 붉은 윤기가 흐르고 있다. 자신을 바라보는 검은 시선에 주눅 들린 그는 여자와 얼굴이 마주치자 피했다. 커피를 주문하고 나서 그는 열대어를 향해 있는 여자의 옆얼굴을 바라보았다. 분명 어디서 본 듯한 느낌이 들었다. 그는 과거를 추억해 보려고 미간을 찌푸렸다. 여자가 그에게로 고개를 돌렸다. 그는 서둘러 난쟁이 술잔치 그림에 눈길을 던졌다. 사팔뜨기 난쟁이 하나가 그를 내려다보았다. 커피 잔을 집어 들었다. 손가락이 떨렸다. 커피가 넘쳐흘렀다. 그는 커피 잔을 두 손으로 잡고 입에 댔다. 여자는 침묵했다.

누구일까? 누가 이렇게 만들었을까?

누가 그랬는지 도대체 모르겠다. 이 젊은 여자는 나를 잘 알고 있는 것 같은데. 나 또한 여자가 이상스레 친근하게 느껴지는군. 왜일까? 왜 이렇게 낯설지 않을까? 왜 같은 일이 반복해서 일어나는 것일까?

　오랫동안 떨어져 있다 만난 연인 사이처럼 그리움이 물든 감정이 그를 사로잡았다.

　"혹시 섬에서 만난 적이 있죠?"

　그는 물었다.

　"섬에 간 적은 있어요."

　여자가 대답했다.

　"홍대 섬 말입니다. 제 단골 술집이죠."

　"전 정말이지 장난치고 싶은 기분이 아니에요."

　여자가 정색했다.

　"무슨 말씀인지……."

　"절 모른다고 외면해도 이해해요. 목포에 가보신 적 있으세요?"

　여자가 말했다.

　목포라고? 그가 본 바다는 슬픔에 잠겨있었다. 그리고 아침부터 뉴스에 나온 진도 앞바다가 배 한 척을 통째로 삼키고 있었다.

　"산다는 것이 참 허무해요. 나라가 평화로울 때 자식이 부모 장례를 치르지만 전쟁 중에는 부모가 자식의 장례를 치러야 하죠."

　그는 마른 침을 삼키며 말했다.

　누구나 지나간 과거로 돌아갈 수 없었다. 모래성처럼 바람이 불면 알알이 부서져서 마침내 형체를 알아 볼 수조차 없는 한 여자가 그의 뇌리에 잠깐 떠올랐다가 사라졌다. 지구에 사는 수억 명 카르멘 중 하나인 그녀를 만나 보려고 항구에 갔었다. 일등항해사와 동거 중인 카르멘이 말했다

'다시 사랑에 빠지는 걸 원하지 않아, 섹스는 반복해도 괜찮아. 난 끊임없이 사랑이라고 불리는 실수를 반복하는 게 싫어. 똑같은 고백을 듣고 똑같은 음식, 음악, 영화, 미술작품, 여행과 모든 자질구레한 이야기를 매번 해야 하나? 우리 둘 사이에는 지울 수 없는 상처가 있어. 무슨 상처라니? 오빠 지금 제 정신이야? 어떻게 그 일을 잊을 수가 있어? 지금 사는 남자가 외항선 타고 나가면 혼자 있는 게 싫어. 내 맘대로 살아야지 불쌍한 오빠, 나를 빨리 잊어버리는 게 사는 길이야.'

정신병원에서 나와서도 우울증에 시달렸다. 자살을 꿈꾸던 그는 살아남으려고 카르멘을 머리에서 지웠다. 그러자 거짓말처럼 그는 더 이상 카르멘에 대하여 아무것도 생각나지 않았다.

4시 30분.

3시경 해경은 그간 발표한 구조자수를 중복집계 하여 오류가 발생했다고 통보. 중앙재난안전대책본부는 탑승자를 458명, 구조자를 164명으로 집계된 오보를 재확인.

그는 고개를 들고 뉴스와 여자를 번갈아 보았다.

포탈 뉴스에서는 정부의 어설픈 재난 대처방식을 질타하는 언론기사가 이어졌다. 그리고 분노한 네티즌들의 댓글이 줄을 이었다. 그는 뉴스와 여자 모두에게 집중할 수가 없었다. 아이들이 배가 아닌 기차를 타고 수학여행을 갔더라면. 아들과 딸을 잃은 부모들은 이제 무엇을 위해 살아야 할까. 침몰하는 배에 갇혀 살려달라고 유리창을 두드리는 학생들을 보자 그의 손이 부들부들 떨렸다. 꿈에 자주 나타나는 여자 아이 주검이 갑자기 떠올랐기 때문이었다. 가슴이 먹먹하고 불안해진 그는 무슨 말을 하고 싶었지만 입이 열리지 않았다. 두통이 생긴 그가 고개를 들었을 때 여자의 붉은 입술이 비틀어지면서 목이 쉰 쇳소리가 흘러나왔다. 그 목소리는 귀에 거슬렸다. 그는 여자의 목소리를 자세히 듣기 위해 상체를 앞으로 기울였다. ㅎ과 ㅅ이 뒤섞인 듯한, 마치 여자의 폐 안쪽에서 울려 나오는 듯한, 웃음소리였다. 상상하던 일을 현실에서 생생하게 마주할 때의 느낌이란! 그는 여자의 입술 끝이 계속 비틀어져서 코 옆을 지나고 드디어 귀에 닿아버리는 것이 아닌가 하는 당혹감이 들었다. 여자의 미모는 그를 미궁에 빠뜨렸다. 여자의 완벽한 미모를 반감시킬 수 있는 어떤 단점을 찾아내려고 애썼다. 분명 여자의 웃음소리는 귀에 거슬렸다. 지금은 귀에 잘 익은 음악처럼 들려 안도감을 주고 있다. 단점일 수 없다. 순간 그는 여자의 단점을 찾아내는 일이 꺼려졌다. 세상에 단점 없는 인간이 어디에 있단 말인가.

"하여튼 만나게 돼서 기뻐요."

"그러면 저를 만난 적이 있단 말입니까? 제가 건망증이 심한 편입니다."

"오빠는 제가 누군지 곧 알아낼 수 있을 거예요."

"이상하게 당신이 전혀 낯설지 않습니다."

그는 멍한 눈길로 여자를 바라보았다. 아아, 낯설지 않군. 어디서 본 듯한 얼굴 윤곽. 좁은 카페 문을 빠져 나오면서 여자의 어깨에 그의 가슴이 부딪혔다. 성형외과에 다니는 여자들은 왜 거의 비슷하게 생긴 걸까? 여자와 관련된 기억을 떠올리려고 애를 쓰다 그는 의문을 품었다. 훅훅 달아오른 지열이 그의 등을 젖게 만들었다. 여자와 그는 광화문 거리를 오가는 사람들을 바라보았다.

"광장을 지나기는 사람들이 한없이 우울해 보여요."

"침몰한 배에 갇혀있는 학생들 때문입니다. 왜 아이들이 탈출을 못하게 배안에서 기다리라고 말한 걸까요. 어른 말 잘 듣는 아이들이 배 안에 갇혀 있어요. 앞으로 배를 타려면 물고기처럼 수영을 잘 해야 할까요?"

물고기가 된다. 벌레가 된다. 새가 된다. 짐승이 된다. 이 여자와 무엇이 되어 이 세상 어디로 갈 것인가. 한 치 앞길도 보이지 않았다.

"여기서 이렇게 서있지 말고 어디든 가요."

여자가 팔짱을 끼며 재촉했다.

"어디로 갈까요?"

그가 말했다.

"집 앞에 호수 공원이 있어요."

여자가 그의 팔을 잡고 앞장을 섰다. 도심을 벗어난 1200
번 광역 버스는 일산을 향해 내달렸다. 수색 근교 아파트 밀
집지역을 지나고 졸다가 깬 그의 눈앞에 시원한 개활지가 펼
쳐졌다. 먼 시야엔 야트막한 구릉지가 있었다. 풍경화처럼 그
곳엔 숲이 무성하고 하얀 양옥들이 점점이 박혀 있었다.

공원은 한산했다. 그의 흰 셔츠는 땀에 후줄근히 젖어버렸
다. 문득 그는 두통을 느꼈다. 그늘진 풀밭에 남녀가 앉아있
었다. 자전거 탄 학생들이 그의 곁을 스쳐갔다. 인공호수 앞
에 서있는 그에게 여자가 아이스크림을 들고 다가왔다. 여자
는 아이스크림을 핥아먹었다. 그는 그녀의 혀가 단맛에 이끌
려 나왔다가 붉은 입술 속으로 사라지는 것을 바라보았다. 구
름이 낮게 드리운 하늘에서 봄바람이 불어왔다. 봄비가 내렸
다.

"오늘처럼 안타까운 날에는 술 생각이 먼저 나요."

여자가 말했다.

"슬픈 날입니다."

"아 우울하네요. 술이나 마시러 가요."

여자가 말했다.

"어디로 갈까요?"

"오늘 제가 쏠게요. 제가 사는 집이 엎어지면 코 닿을 곳."

여자의 코끝이 뾰족했다. 그는 여자가 가진 단점의 실마리라도 찾아낸 듯싶었다. 여자의 입술은 윤기를 머금고 더욱 붉어보였다. 입언저리가 길게 말려 올라가면서 다시 웃음소리가 흘러나왔다. 술과 여자. 여자와 술을 마신다. 빗줄기가 굵어졌다. 세월이 흘러 가라앉으면 결국 잊어버리는 것일까?

5시 18분.

해군과 해경이 수심이 낮은 선실부터 수색에 들어간다. 수색대는 선실 3곳에 진입했으나 사람은 없고 선실에는 물만 차있다고 전한다. 조수가 빨라지고 시계가 불량하여 수색을 중단한다.

그는 여자가 사는 아파트에서 비 내리는 호수를 볼 수 있었다. 승강기를 타고 여자가 4층을 누르자 그는 투명 유리창을 통해 아파트 단지 주변을 살폈다. 동네마다 첨탑 위에 피뢰침과 십자가가 함께 매달린 교회들. 아파트 층층마다 굳게 닫힌 현관문들. 그것들은 전혀 낯설지 않고 언젠가 한번쯤 와서 본적이 있다는 느낌마저 들었다. 그는 마치 몇 년 동안 정 붙이고 살아왔던 아파트인 것처럼 낯익은 복도 맨 끝을 향해 바삐 걸었다. 그는 숨을 몰아쉬며 걸어갔다. 아파트라는 거대한 배가 기울어 침몰하는 환영이 보이자 그는 비틀거렸다. 그는 잘 알지도 못하면서 416호 현관문 앞에서 걸음을 멈추었다. 그는 현관문을 응시했다. 빠져나갈 문이 잠긴 채 바다에 빠져 수장된 아이들이 떠올랐다. 여행 잘 다녀오겠다고 아침에 인사하고 나간 아이가 갑자기 주검으로 돌아오리라 누가 감히 생각이나 하겠는가. 가슴이 답답하고 막막했다. 그는 자신의 봉인된 기억력이 걱정스러웠다. 잊어도 좋을 사소한 일들은 수시로 생각나고 정작 잊지 말아야할 중요한 일들은 머리에서 사라졌다. 아침 뉴스에서 본 사건을 저녁 공영방송 뉴스에서 다시 보아도 기억이 흐릿했다. 일주일전 발생한 사건조차 기억할 엄두를 내지 못했다. 사건의 전후를 알기도 전에 다른 사고가 터졌고 혼란스러웠다. 누군가 분명 그가 기억에 새겨둘 진실을 조작하고 있었다.

"들어오세요."

416호 현관문을 열고 여자가 말했다. 그는 구두에서 비에 젖은 발을 빼냈다. 고무나무 화분과 공기정화식물 서너 그루가 있는 거실이 보였다. 그는 거실을 가로질러 베란다 창가에 서서 비 내리는 풍경을 내려다보았다. 공원에 심은 소나무들이 비바람에 몸을 흔들었다. 여자는 부엌 냉장고문을 열었다 닫았다. 그는 여자가 건네준 물을 마시며 어디서 본 듯한 여자의 등을 바라보았다. 여자의 속살이 비쳐 보였다. 도발이었다. 여자가 가진 단점이 드러나는 걸 그는 느꼈다.

도대체 저 여자는 누구일까. 몸이 피곤하면 기억력이 떨어

지는 그는 의문을 가졌다. 잠시 머뭇거리던 그는 안방 문 앞
에 섰다.

"잠깐 기다렸다 들어오세요."

여자는 옷을 갈아입는 모양이었다. 그는 부엌 식탁 의자에
앉았다. 물에 젖은 발자국이 바닥에 선명했다. 그는 양말을
벗었다. 망설임 끝에 그는 방문을 열고 들어갔다. 흰 옷으로
갈아입은 여자는 창가에 서서 비에 젖은 호수를 내려다보고
있었다. 빗방울이 잦아들었다. 그는 거리를 둔 채 여자의 등
뒤에 섰다. 미풍이 불었다. 여자의 등뼈가 들여다보일 것 같
은 착각이 들었다. 여자가 입고 있는 얇은 겉옷에는 약간의
그리움이 묻어있어 손을 대면 부서지거나 사라질 것 같았다.
방 안을 둘러보았다. 작은 책상 위에 커피포트와 커피 잔 두
개, 노트북 하나, 퀸 사이즈 침대, 서가에 가지런히 꽂힌 책
들, 그리고 침대에 걸쳐놓은 옷가지들.

"내 방과 비슷하네요. 오래 전부터 이곳에 살았던 것처럼
묘한 기분이 듭니다."

방에서 풍기는 냄새가 그의 코를 자극했다. 화장품 냄새,
향수와 체취가 뒤섞인 향기.

"이제 그만 검은 안경을 벗으세요."

그는 여자의 얼굴이 보고 싶었다.

"눈이 부셔요. 가끔 물체가 두 개로 겹쳐 보여요. 빛이 들어
오면 눈물이 나거든요. 안과에서는 백내장 초기증상이라고

하는데 아무럼 어때요."

어느새 잦아들던 비가 그쳤다. 창밖엔 햇살이 반짝이며 무수한 빛의 화살들을 쏘아대고 있었다. 비와 땀에 젖은 셔츠와 바지가 거북해서 그는 의자에 앉지를 못했다. 눈치를 챈 여자가 옷장을 열고 남자 티셔츠와 바지를 가져왔다.

"잘 맞을 거예요. 씻고 갈아입으세요."

욕실에 들어간 그는 샤워를 하고 옷을 갈아입었다. 다른 남자가 드나든 흔적을 찾아보았다. 하얀색과 파란색 칫솔이 두개 걸려있었다. 그는 거울을 보고 자신이 입은 옷을 살펴보았다. 여자를 잘 아는 남자친구의 옷인가? 제법 잘 어울리는군. 그런데 누구일까. 그는 머리에 솟는 뿔처럼 기억이 돋아나기를 기다렸다. 머리를 드라이기로 말리고 나자 기분이 상쾌했다. 여자는 에어컨을 틀어놓고 편의점에 갔는지 집안에 없었다. 그는 거실 소파에 등을 기대고 앉아 손가락 마디들을 꺾어 딱딱 소리를 냈다. 비밀번호를 누르는 전자음이 들리고 현관문이 열렸다. 여자 손에는 비닐봉지가 들려 있었다. 그는 비닐봉지를 받아서 부엌식탁에 올려놓고 이번에는 식탁의자에 앉았다. 앉아서 그는 핸드폰을 켜고 세월호 사망자 발견 속보를 읽어보았다.

6시 40분.
서해지방경찰청장이 세월호 구조와 수색 계획을 브리핑.

수색활동의 모든 상황을 해경에서 지휘하고 브리핑하기로.

일부 방송국은 정규방송을 중단하고 세월호 속보를 계속 내보냈다. 그는 부엌에서 음식을 준비하는 이름도 모르는 여자의 허전한 등을 바라보았다.

"이름이라도 불러줘야 하는데 뭐라고 불러야 합니까?"

"선화예요. 선화공주님이라고 불러주세요. 오빠는?"

"누군가 내 이름을 부르면 우선 주변부터 둘러본 후 저를 부른 상대를 보곤 해요."

"그래도 이름이 있을 거 아니에요?"

"이 대리, 이씨, 이봐. 이 자식, 심지어 이 새끼까지 모두 나를 그렇게 불러댑니다."

선화는 빠르게 잔을 비웠다. 레드와인 몇 잔을 마시고 나자 낯가림이 없어졌다. 술잔이 비어갈 때마다 무료한 시간이 흘러갔다. 그는 방문 옆에 걸린 거울로 시선을 주었다. 서로를 모르는 두 남녀가 앉아서 술을 마시고 있었다. 거울 속 낯 선 두 사람을 향해 그는 잔을 들었다. 와인 한 병을 마시고 세 번째 맥주병을 딸 즈음 그는 여자에게 친근한 느낌이 들었다. 그는 병뚜껑을 반으로 접어 식탁 위에 나란히 세웠다. 그는 선화가 권하는 맥주를 마셨다. 한순간 낮잠에서 막 깨어난 사람처럼 귀가 멍멍해졌다. 선화는 이미 혀가 꼬부라져 있었다. 거실 장식장 서랍을 열고 머리를 들이민 그녀는 무언가를 찾고 있었다. 여자의 엉덩이에서 눈을 돌리고 그는 거울을 다시 바라보았다. 일그러진 한 사내의 얼굴이 보였다. 어느새 선화는 낡은 사진첩을 들고 왔다. 인화한 사진 몇 장을 그에게 보여주었다.

"이 사진에 있는 여자가 누군지 아시겠어요?"

사진에는 눈 코 입 윤곽이 아름다운 젊은 여자가 웃고 있었다.

"글쎄요. 누굽니까?"

"정말 누군지 모르시나요?"

"연예인을 만났을 때 흔히 그렇듯이 어디선가 본 적이 있는 듯합니다."

"십 년 전 제 사진이죠. 제가 누군지 기억해 보세요."

기억하라고? 누가 언제 어디서 무엇을 왜 기억해야 하지? 그는 눈을 감고 과거의 선화를 떠올리려고 양미간을 좁혔다.

"당신과 나는 예전에 서로 사랑하는 사이였나요?"

"이제 절 알아보시는군요."

"내가 가진 기억은 과거를 계속 편집하고 있어요."

"제 얘기 들어보세요. 결혼을 앞두고 어느 예비부부가 함께 살았어요. 속도위반이지만 그들 사이에는 한 살짜리 딸이 있었죠. 그 아이는 그들에게 진실한 인간의 사랑이 무언지 알려주었어요. 어린 아내는 이른 나이에 엄마가 되는 것이 부담스러운 나머지 우울증이 생겼지요. 그렇지만 사랑스런 딸이 걸음마를 떼자 아빠에게는 그 딸아이가 세상에서 가장 소중한 보물이 되었어요. 아빠는 딸의 미래를 위해 몸이 부서져라 일을 했어요. 어느 날 생이 산산조각 나는 불행이 찾아왔어요. 평소 욕조에 혼자 앉아서 오랜 동안 잘 놀던 아이가 물에 빠져 죽었어요…… 그리고 두 사람 사랑도 죽었어요…….”

선화는 울고 있었다.

그는 머리가 지끈거렸다. 선화가 검은 안경을 벗었다. 그는 고개를 갸웃거리며 선화를 똑바로 바라보았다. 어디서 보았을까? 해 저문 거리에서 다섯 번쯤 마주친 적이 있는 낯설지 않은 저 얼굴. 아름다운 여자들은 하나같이 어디선가 본 적이 있는 착각이 들까. 기억의 문은 안개 속으로 열려 있었다. 그는 목이 말라서 이번에는 소주를 따라 마셨다.

“울지 말아요. 그런다고 물에 빠져 죽은 아이가 살아오겠소?”

그는 선화의 등을 토닥거렸다. 욕조에서 죽은 아이를 생각하자 그의 눈에서도 눈물이 흘러나왔다.

그는 생각을 헤집으며 자신과 선화라는 여자와의 실마리를 잡으려고 애썼다. 그러나 기억의 방은 무덤 속처럼 컴컴했다. 소주병 바닥이 드러났다. 취기가 돌자 그는 말문이 트였다. 그는 눈물을 훔치고 티브이 속보를 바라보며 소리를 질렀다.

“에라이, 오늘 우리 모두 대한민국이라는 배에 타고 침몰하는 날이다. 책임지려는 새끼가 아무도 없어. 저 배 선장처럼 탑승객 버리고 빠져나가는 놈들만 우글거리는 세상. 일곱 시간 넘어 나타난 어떤 여자는 아이들이 구명조끼 입었을 텐데. 그렇게 구조가 힘든 것이냐. 정신 나간 소릴 하지 않나."

밤 9시 30분.
깊은 바다에 어둠이 찾아왔다. 부모들이 발을 구르며 배 안에 갇힌 아이들을 목 놓아 부르며 오열한다.

몸을 가누지 못하고 선화가 그의 무릎 위에 쓰러졌다. 진한 머리카락 냄새와 부드러운 살 냄새가 그의 코를 자극했다. 이 여자와 나는 사랑하는 사이였다. 갑자기 그는 애틋한 마음이 들었다.

"저예요. 오빠 기억에서 떠나버린……."

그래 너 선화. 카르멘! 순간 그의 눈이 크게 떠졌다. 이 여자와 나는 과거의 한 순간 사랑했던 사이였다. 그리운 감정에 휩싸인 그는 선화의 어깨를 끌어안았다. 치맛자락이 말려 올라간 그녀의 하얀 다리가 보였다.

"절 기억하는 거죠? 이제 절 알아보는 거죠?"

그는 무턱대고 고개를 끄떡였다. 그때 선화의 몸 속 어디에선가 그가 알아들을 수 없는 이상한 소리가 흘러나왔다. 그것은 울음이었고 어찌 들으면 웃음소리 같았다. 그는 거울을 통해 선화의 속살을 훔쳐보았다. 오늘 만난 이 여자는 누구일까? 왜 이렇게 낯설지 않을까? 여자가 기우는 달처럼 서서히 이지러지면서 형체도 없이 사라져버릴 것만 같았다. 그가 힘을 주어 여자를 끌어당기자 단단한 뼈가 다가왔다. 여자의 살은 도발적이었다. 그는 이것이 이제껏 자신이 발견해내지 못한 여자의 유일한 결점이라고 생각했다.

　토요일 오전 10시. 전날 그는 회사에 사직서를 내고 오랜만에 휴식을 만끽했다. 지구에 홀로 남겨진 기분으로 그 자신이 한 여자를 깊게 사랑하고 있었는지 모른다는 사실을 깨달았다. 그는 그 여자를 머릿속에 그려보았다. 그런데 여자의 얼굴 생김새가 전혀 떠오르지 않았다. 심호흡을 하고 천천히 그 여자를 떠올렸으나 거기엔 새와 물고기와 벌레와 짐승들이 무작위로 나타났다 사라졌다. 누구일까. 그는 이마에 흘러내리는 머리카락을 쓸어 넘겼다. 그리고 버릇처럼 한 손을 바지 호주머니에 찔러 넣었다. 사각형 메모지가 만져졌다. 고개를 숙이고 그는 그것을 꺼내보았다.

　'잊을 것 같아 적어 봅니다. 토요일 오후 두 시. 광화문 몽로.'

　누구일까? 누구일까? 누구일까?

　기억 한 구석으로부터 편두통이 오고 있었다. 오빠와 전 십

오 년 전부터 아는 사이였어요. 여자의 말이 그의 귓가에 맴돌았다. 고개를 들어 바라본 하늘에는 철새들이 떼를 지어 날아갔다. 그는 기억에서 살아 돌아오는 낱말 하나를 허공에 불러주었다. 그것은 욕조 물에 빠져죽은 딸아이의 이름이었다.

세월아.
세월아.
세월아.

낮달이 지고 있었다.

* 단원고 학생들 카카오톡.

「열린 문」 이렇게 읽었다 _ **최용탁** 소설가

부유浮遊, 혹은 착종錯綜

이 의심할 바 없이 사실적인 소설은, 그러나 리얼리즘의 독법으로는 읽히지 않는다. 작가는 마치 우리 현실의 한 전형적인 예를 스토리로 끌어온 것처럼 독자를 속이지만 이 소설은 하나의 우화, 그러니까 싸구려가 되어버린 삶의 세목을 한꺼번에 묶은 은유로 읽어야 한다. 작가는 온갖 이야기 ―리얼리즘 소설의 미덕인 그럴듯한 이야기―를 풀어놓지만 거기에 속으면 안 된다. 이 소설은 작가가 바라본 이 시대의 우화다.

단문으로 이어진 스토리는 전형적으로 진부하다. 이 소설의 주제가 진부함이므로 진부한 스토리는 그 자체로 소설적 전략이다. 그래서 빠른 속도의 단문은 스토리의 진부함을 상쇄하기 위한 전술로 읽힌다. 이 소설이 가지고 있는 이야기 너머의 이야기, 겉과 속이 다른 두 개의 이야기를 가진 이런 구조를 어떻게 이름 지어야 할지 나는 모른다. 가면을 쓰고

나와 가면 속의 얼굴을 알아맞혀보라는 불친절한, 낯선 기법인 것만은 알겠다.

작가는 묻는다. 이 '일일 연속극' 수준의 식상함이 실은 우리가 사는 삶이지 않은가, 라고. 아니라고 대답할 자가 있을까. 심히 불편하지만 이미 우리는 모두 물신에게서 태어난, 돈이 곧 어머니인 '개새끼들'이 아닌가.

돈을 위해 아름답던 청춘의 캠퍼스에서 만난 첫사랑을 팔고, 돈을 위해 굴욕의 피라미드에 기꺼이 들어가며, 마침내 돈 때문에 생이 부서지는 이 세상에서 대체 인간은 어디에 뿌리내릴 수가 있을까. 결국 우리는 모두 떠도는 존재들인 것이다. 이 세상은 '개새끼들이 떠도는 곳'이라는 게 작가의 세계 인식이다. 물론 그게 다는 아니다.

주인공 P는 이 세계로부터, 아니 이 우주로부터 탈주하고 싶다. 평행우주가 존재하고 그 안의 또 다른 '나'에게로 건너가는 문, 비록 또 다른 우주가 존재할지라도 그곳으로 가는 문이 '리얼'하게 열려 있을 리는 없다. 하지만 이 탈주하고자 하는 욕망이야말로 인간이 마지막까지 본능적으로 가진 인간 증명이라고 작가는 말한다. 그것은 비록 의사가 '환청 증세에 신경안정제를 추가로 처방'하는 비현실적 욕망이고 떠돌이의 착종된 욕망이지만, 작가는 그 착종에서 희미하나마 인간에 대한 희망을 꿈꾼다.

아마 희망이라는 단어는 이 작가에게 가장 어울리지 않는 단어일 것이다. 세계에 대한 이 도저한 비극적 인식은 소설의 결말에서도 변하지 않는다. 왜 그렇지 않겠는가? 주인공이 분열적으로 매달리는 모든 진법은 0이라는 불가사의한 숫자 앞에서 항복하지 않을 수 없는데, 대체 어느 우주에 이 모든 허무를 무너뜨릴 비의秘義가 있을 것인가. 저 멀리, 혹은 바로 옆의 평행우주에서는 삶이 완전할까, 누구도 모를 일이다.

P가 시간과 의식이 모호한 채로 '열린 문'으로 들어간 그 순간 앞에 작가는 냉혹하게도 '기적적으로'라는 수식어를 붙인다. 기적은 좀처럼 일어나지 않는 것이고 작가의 내면은 이 세계에 대한 비극적 인식을 멈추지 않는다.

그렇다. 이 소설은 '비극 속에서 살아 보자고. 구원 따위는 없을 테니까, 저마다 제가 들어가고픈 열린 문을 찾아가자고!' 라는 전언이 돌올한 작가의 육성이 들리는 작품이다.

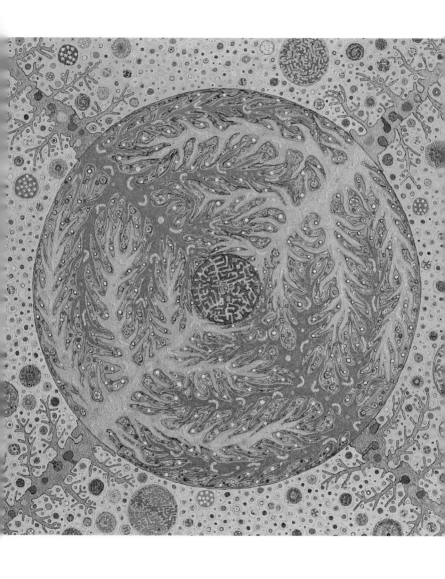

열린 문

10초

　P는 아침 선잠에서 깼다. 눈을 뜨자 오늘이 자기 생의 마지막 날이 아닐까 생각했다. 눈을 뜨기 전에 이미 귀가 열려 있었다. 깊은 잠을 방해하는 소음이 들렸다. 옆으로 누운 등 뒤쪽 벽에서 울리는 소리. 누군가 침입한 것이 분명했다. 의식이 점점 맑아졌다. 그러나 도저히 몸을 움직일 수 없었다. 몸통에 깔린 팔은 저리고 식은땀이 났다. 뼈만 남고 살이 사라져버릴 것 같은 시간이 흘렀다. 가위눌림 상태에서 벗어나려면 용을 써야 했다. 겨우 몸을 뒤척인 P는 다시 잠에 빠져들었다. 꿈속에서 P는 어둠이 내린 도시 중앙역에 서 있었다. 길은 교회 정문 앞으로 열려있었다. 그는 그 성전 문고리를 잡았다. 문을 두드렸다. 아무리 두드려도 문은 열리지 않았

다. 그리운 사람을 만날 것 같아 광장 이곳저곳을 두리번거렸
다. 바람과 달그림자 외에 아무도 없었다. 그는 낯선 동네에
노숙자처럼 버려진 기분이었다. 천국의 문 앞에 서 있던 장로
가 다가왔다.

'착하고 말 잘 듣는 사람만이 이 문을 통과할 수 있습니다.
당신은 사마리아 사람인가?'

장로가 물었다.

'부려먹기 좋은 착한 노예처럼 살기는 싫어요.'

그가 대답했다.

'노예도 돈만 내면 저 문으로 들어갈 수 있어요.'

장로가 말했다.

'나는 그대를 통하지 않고 저 안으로 들어갈 것이오. 사람
들 사이에 문이 있을 테니.'

P는 문 안으로 들어가기를 거부했다.

잠이 깬 그는 무거운 눈꺼풀을 뜨고 몸을 일으켰다. 잡음이
나는 쪽으로 그는 고개를 돌렸다. 밤새 켜둔 티브이였다. 그
는 사는 게 허망한 꿈이라고 생각하며 웃었다. 오늘만큼은 생
애의 마지막 날처럼 살고 싶었다. M과 만나는 날이기 때문이
었다.

밤새 리모컨을 잡고 있던 P의 손은 땀에 젖어 있었다. 그는
깊은 호흡을 10초 동안 두 번 했다. 저린 팔을 주물러 푼 후
그는 침대에 누운 채로 채널을 바꿨다.

　"스무 명을 뽑아 죽도록 부려먹다 그 중 일 잘하는 열 명을 남겨 적자 생존시키는 회사가 좋을까요? 열 명을 뽑아 스무 명 어치 일을 시키는 곳이 나을까요?"

　시사 프로그램이었다. 한 출연자가 청년 취업 문제 해결책을 말하고 있었다. 말이 길어지기 전에 스위치를 눌러 티브이를 껐다. 지난 밤 불면 때문에 두통이 밀려왔다. 오피스텔 위층에서 쿵쿵거리는 소음과 옆집에서 그릇 깨지는 소리 뒤이어 여자의 비명이 들렸다. 벽시계를 보았다. P의 눈은 느릿느릿 움직이는 초침을 따라갔다. M과의 약속 시간은 세 시간 넘게 남아 있었다. 계속 채널을 바꿨다. 두통이 심해졌다. 목구멍이 타는 느낌이었다. 물을 마시고 싶지만 만사가 귀찮았다. 화장실에 가고 싶지만 참았다. 누군가를 기다리는 일의 초조함. M과 헤어지고 난 후 P는 결혼을 했다. 그의 삶은 비탈길처럼 위태로웠다. 조금씩 나락으로 미끄러졌다. M과 만나기로 한 시간이 차츰 다가오고 있다. 헤어진 지 3년 만에, 왜 만나자고 하는 걸까? 3년 동안 많은 일이 생겼다. M과 헤어지고 만난 여자와 결혼했다. 신혼 2년차, P가 다니던 직장을 그만 두자 아내는 친정으로 돌아갔다. 그는 곤궁했지만 허우대는 멀쩡했다. 알량한 자존심은 하늘을 찔렀다. P는 한 번 주어진 생을 잘 살아보려고 했다. 이력서를 수십 군데 보냈지만 소식이 없다. 취업문은 열려있다지만 좁았다. 아무나 들어갈 수 없었다. 이 세상 돈은 어느 지옥으로 들어간 것일까? P

는 의사가 처방한 약 한 줌을 입안에 털어 넣고 찬물을 마셨다.

어제 문자를 확인한 게 화근이었다. 알림문자가 계속해서 들어왔다. P는 신경이 쓰였다. 문자를 열자 정확히 10년 전 헤어진 첫사랑 M이었다. 연락이 안 되면 그것으로 끝이지. 어쩌라고 만나자는 문자메시지를 남겼을까? 전화를 걸었다. 아무 일도 없는 것처럼 안부를 물었다. 희미했던 기억이 또렷해졌다. M과 헤어지는 대가로 그 부모에게서 돈을 받았다. 사랑했다고 돈을 받다니 남들이 웃을 일이었다. 돈이면 돌부처도 움직이지 않던가. 그는 돈이 필요했다. 전화를 끊은 P는 혼란스러운 머리를 두 손으로 감싸 안았다. P는 M에게 아픈 상처만 주었다. 그래도 다시 찾아온 옛사랑이 궁금했다. 약속을 하고 창문 밖을 내다보았다. 태풍이라도 불어오는 것처럼 마당의 참나무가 바람에 흔들렸다. 급한 일이 생겼다고 할까. 흔들리는 그는 입술을 꽉 다물었다. 고해성사를 보듯 은밀히 고백하고 실토할 말이 없는 것은 아니었다. 그러나 당장 발등에 떨어진 불도 못 끄고 허둥대는 꼴이랄까. 구직이라는 불.

P는 살아남기 위해서 일을 해야 했다. 하고 많은 나라 중에 이 땅에 태어났을까. 지옥 같은 직장생활 3년. 지금은 실업자 신세였다. 그는 일을 할 의사가 있고 나름 능력이 있었다. P는 결국 죽기보다 가기 싫은 고용센터에서 실업급여를 신청

했다.

10분

P는 M을 만나면 딱 10분간 용건만 말하고 헤어지기로 결심했다. M을 만나기 위해 오피스텔을 나섰다. 약속 시간이 한 시간이나 남았다. 3킬로미터 거리에 있는 약속장소까지 거리를 따라 천천히 걸었다. 골목길을 걸으면서 M을 부메랑처럼 돌아오게 만든 어떤 법칙을 떠올렸다. 어제 M과의 전화를 끊은 후 P는 방 창가에 기대어 노을이 진 하늘을 바라보았다. 남자가 혼자 사는 집안은 엉망이었다. 방에는 속옷과 이부자리가 널브러져 있었다. 부엌에는 음식 찌꺼기가 담긴 그릇들이 쌓여있었다. 곰팡이가 피고 초파리가 개체수를 늘릴 뿐이었다. P는 자신이 살아온 연대기를 더듬었다. 화목하지는 못했지만 그저 평범한 가정에서 자랐다. 다른 아이들처럼 학교와 학원을 시계불알처럼 오갔다. 초중고 학창생활은 책상에 오래 붙어있는 훈련의 연속이었다. 대학에 가기 위해 선택했던 재수 일 년. 자존감은 밑바닥을 쳤다. 오로지 좋은 대학에 들어가기를 소망했다. 그리고 대학생활 이년을 마친 후 군대에서 이년을 보냈다. 알바와 취업준비로 보낸 복학생 생활. 즐겁게 공부하는 학생들은 거의 없었다. 등록금 마련하려

고 막일로 보냈던 휴학 일 년. 취직이 꿈이었다. 경쟁자들을 물리치고 재벌그룹 협력업체에 출근한 날을 떠올렸다. 회사의 목표와 자신의 미래를 동일시하기 위해 그는 자신의 삶을 갉아먹었다. 잉크 카트리지처럼 쓰다 버려질 삶이었다. 그는 재충전을 원했다. 과중한 업무에 지쳐가는 나날은 그가 원한 삶이 아니었다. 그는 새로운 출발이 필요하다고 생각했다. 그리고 이런 시스템 안에서 한번 찍히면 그것으로 끝이었다. 더 많은 시간과 노력을 들여야 했다. 그는 당분간 쉬기로 했다.

P가 생각에 잠겨있을 때, 앵하고 모기 한 마리가 귓가를 스쳐 지나갔다. 말초신경이 쭈뼛거리며 살아나는 느낌. 그는 움직임을 멈췄다. 모기가 왼쪽 손목에 내려앉았다. 예리한 침을 찌르고 피를 빠는 모기를 내려다보았다. 저절로 팔뚝 근육에 힘이 들어갔다. 그놈의 주둥이를 오른 손바닥을 들어 세게 내리쳤다. 놈은 납작해졌다. 손가락에 피가 묻어났다. 셋째 손가락에 묻은 피를 보자 석 달 전 사표를 낸 일이 떠올랐다. 정확히 말하면 해고당하기 전, 먼저 사표를 냈다. 영업부 김 부장은 입이 거칠었다. 사사건건 부장은 P를 괴롭혔다. 영업실적이 좋은데도 P는 부장의 눈 밖에 났었다. 부서에서 '갑질'을 P 혼자 뒤집어썼다. 구조조정 대상자였기 때문이었다.

"이런 머저리새끼를 대체 누가 뽑았나?"

김 부장이 막말을 해댔다. P는 상처를 받았다. P는 폭발 일보 직전이었다. 드디어 일을 저질렀다. 어차피 밀려나고 그만

둘 회사였다. 창립 기념 회식 도중 P는 작심하고 부장의 면상에다 술을 뿌렸다. 사장이 보고 있었다.

"이 변태 같은 개새끼야. 밑에 있는 직원들 괴롭히니까 좋냐? 막 흥분 되냐? 잘 먹고 잘 살아라."

동료들이 말렸지만 그는 인내심을 버렸다. 참을 인자는 개들에게 던져주었다. 더 심한 욕설이 치밀고 주먹이 울었지만 참았다. 잘리는 마당에 더 지랄을 피다 나왔어야했다.

사표를 내자 기다렸다는 듯이 P의 아내는 2년간 신접살림을 접고 친정으로 돌아갔다. 사랑이 밥을 먹여줄 리 없었다. 그는 몇 달만 쉬고 싶다고 말했다. 아내는 실업자에게 다시 돌아올 마음이 없다고 답했다. 이제 겨우 석 달이 지났을 뿐인데 일 년이 지난 것 같았다. 흐트러진 이부자리처럼 보이는 사랑의 흔적이 마음 한구석에 남아 있었다.

룸펜 일상에 익숙해진 P는 자주 상상에 빠져들었다. 인간이 살고 있는 이 지구가 이제까지 존재해 왔던 모든 법칙과 진법들 가운데 가장 강력한 법인 십진법에 의해 돌아간다는 사실을 알아 차렸다. 이 초등 수학의 십진법이란 전혀 새로운 내용이 아니었다. 십진법 중 최고는 하느님이 모세를 통해 내린 십계명이었다. 신의 손가락이 돌에 새겨준 생활 윤리였다. 신이 포기한 인간들이 넘거나 지나가야 할 열 개의 벽들일 뿐이었다. 가끔 꿈속에서 그는 이 세상 무서운 십진법들을 피해 제발 다른 세계로 가는 문이 열리기를 기다렸다. 어디엔가 다른 우주가 병립한다면 그리로 가고 싶었다. 걱정거리가 없는 다른 우주가 옆집 또는 보리수나무 그늘 아래 열린다면 그는 당장 그리로 건너갈 태세였다. 의사는 P의 불면과 환청 증세에 신경안정제를 추가로 처방했다. 그가 아는 세계와 모르는 세계 사이에는 통과가 어려운 좁은 문이 있었다.

P는 혜성처럼 3년 만에 돌아온 여자 M을 생각하며 언덕길을 내려와 평편한 인도로 접어든다. 한 낮 열기가 오른 서울의 거리는 이제 우우 기계음을 내며 거인처럼 쓰러진다. 온갖 철과 유리와 생명이 부글거리며 끓어오르고 있다. 천천히 걷는 것이 더 후텁지근한 P는 자동차와 사람의 숲을 지나간다. 온갖 물건들이 걸린 윈도우를 힐끔거리며 그늘 밑을 골라 빨리 걷는다. 십진법은 물질과 건물과 사람을 한데 섞어 이 항성의 거대한 세탁기에 넣어 돌릴 때 필요하다. 이 도시의 수학적 체계는 처음에는 사람의 열 개 손가락에서 시작하였다. 아기가 기어가기 시작할 무렵부터 엄마가 손가락을 접어가며 가르쳤던 그 아홉 개의 아라비아 숫자와 영으로 이루어져 있다. 숫자 영은 초등학교 사회 시험에서 부유한 집안 아이들을 편애하는 선생님께 화가 나서 답을 내지 않고 받은 빵점의 기억으로 남는다. 바람에 날린 풍선과 같아서 터지면 아무 것도 없는 그 허무함. 순수 원형인 영은 가끔 불교의 세계를 이해하려고 할 때 잠깐 머리 위에 떠 있다가 구름에 달 가듯이 사

라지기도 했다. 이것이 맨 앞에 아홉 개의 숫자 중 하나를 앞세우고 나타나면 십진법 존재가 빛을 내기 시작했다.

일 십 백 천 만 십만 백만 천만 억 일억 십억 백억 천억, 공이 하나 더 붙을 때마다 처음에는 구름 위를 걷는 느낌이지만 나중에는 숨이 차면서 시간과 공간을 초월하는 경지에 이를 수 있다. 한번 심호흡을 깊게 들이 쉰 후 숨을 멈추고 다시 일의 자리부터 영을 한 개씩 더하며 건널목을 건넜다. 주문처럼 반복해서 읊조렸다.

이제 창업이라는 홀로서기를 꿈꾸어야 할 때인가. 아니면 공무원 시험이나 볼까. 이참에 해외유학을 갈까. 누구 말대로 간절히 원하면 정말 우주가 도와준다는 말인가.

일 십 백 천 만 그리고 조 일조 십조 백조 천조 경 일경 백경 천경 해 이후까지 사람의 손가락에서 시작한 작은 숫자가 우주를 가로질러 무한으로 나아가는 것을 느낄 수 있다. 영과 아홉 개 숫자로 표기하는 체계를 십진법이라 부르며 숭상했다. 이 십진법이 지구에서 경전이 된지 꽤 오래전이었다. 언제 어디서 무엇이 어떻게 왜 누구를 위해서 0부터 9를 잘못 나열하게 만들었는지 몰랐다. 이집트 파라오가 만든 이 법에 의해 학교 등수와 나아가 사회적 서열과 조직이 나눠졌다. 그에 따라 인간이라는 아귀들이 십진법을 따라 출세가도를 오르내리고 있었다. 태양이 습기를 품고 공기를 끓이고 수증기를 만들어 거리에 뿜었다. 한낮의 열기는 너무 더워서 평행우주 속 다른 세상을 걷는 듯 몽롱한 상태였다.

연령제한에 걸린 그는 신입사원으로 입사하기 어려웠다. 경력직으로 들어가고 싶은 곳은 많으나 오라는 곳이 없었다. P에게는 낙하산을 챙겨줄 만한 친척이나 취업을 부탁할 만한 지인이 없었다.

P가 회사에 사직서를 낸 것도 사실 경쟁으로 몰아가는 십진법이 회사가 가진 경영원칙이라는 것을 깨달았기 때문이다. 입사 후 2년 동안 거의 매일 야근했다. 사람 덕분에 회사가 굴러가는 게 아니라 회사 덕에 사람들이 먹고 산다는 그원칙에 따랐다. 노동자는 소모품이며 일의 능률과 비용절감을 위해 존재했다. 인간성은 없었다. 사람 백 명이 있으면 서열 백 개가 생겼다. 천명 사람이 있으면 천개의 계단이 만들어지는 피라미드 꼭대기에는 누가 있는 것일까? 먹이사슬은 세습되는 속성이 있다. 모두 갑이 되기 위하여 열심히 살았다. 고대 이집트에서 발원한 십진법이 이 도시에서 꽃피웠다. 그나마 고대 바빌로니아에서 사용된 60진법이 시간에 갇혀 있게 되어 다행이다. 마야의 20진법이 사용되었다면 인간은 행복했을까하고 P는 생각했다. 이 도시에서는 누구에게나 공평한 시간조차 자본을 위해 존재하고 있다는 사실에 P는 절망했다. P는 대열에서 떠밀려난 낙오자일 뿐이다. 구직급여를 받기 위해 워크넷 사이트에 구직등록을 하고 고용센터에 나가 재취업 활동 내역을 신고했다.

M이 3년 만에 전화를 걸고 문자를 준 이유는 무엇일까? 각자 다른 길 다른 삶을 살지 않았던가. 한번 보고 싶다는 말로 시공간이 좁아지는가. 사차원 이 세상이 갑자기 평면이라도 되어버린다는 말인. 0의 자리에서 태어나는 순간부터 지금까지 P는 하루살이처럼 살고 있다. M은 원래부터 억의 자리에 태어나 힘 센 집안에 살고 있다. 자신들의 세계에서 나가 달라고 해서 P는 미련 없이 나왔다. 처음에는 M의 아버지를 속일 생각이었다.

M의 아버지는 P와 M이 기름과 물처럼 서로 어울릴 수 없으므로 헤어지기를 단호하고 정중히 부탁했다. 단호함과 정중함의 이름으로 내민 두 손, 한손에는 입이 벌어지는 억대의 현금과 다른 손에는 칼이 보였다. 날 선 칼에는 폭력적 결말이 암시적으로 번뜩였다. 깡패들에게 끌려가서 죽도록 두들겨 맞고 P는 M과 헤어지는 대가로 현찰을 잡았다. 그 돈으로 외국으로 가서 살다가 아이를 낳고 돌아오면 그땐 반대할 수 없을 거라고 M은 말했다. 여기까지가 M이 만든 시나리오였다. 하지만 P는 공항의 C구역에서 M이 뉴욕 행 비행기를 기다리고 있다는 사실을 그녀의 아버지에게 알려주었다. 돈이 은행에 입금된 것을 확인한 후였다. M과는 이것으로 완전히 끝났다. P는 돈 앞에 무릎을 꿇었다. 수중에 돈이 들어온 P는 M을 처음부터 만나지 말았어야 했다고 후회하기에 이르렀다. 부디, 잘 살아라. 그는 M에게 문자를 남기고 전화기를 발

로 밟아 쓰레기통에 버렸다.

10시간

P는 카페로 들어섰다. M은 아직 오지 않았다. 핸드폰을 열고 시계를 본다. 약속시간 오전 10시. 10분이면 끝나겠지. 시원한 자리를 골라서 앉자마자 그는 얼음을 통째로 입안에 넣고 씹어 먹었다. P는 푹신한 벨벳 소파에 피곤한 몸을 기댔다. M이 들어왔다. M은 예전의 모습 그대로였다. 그녀가 테이블 건너 일인용 소파에 앉았다.

"잘 지냈어? 예전 그대로네. 변한 것 없이."

"마음만은 그대로지. 내가 정말 너를 다시 볼 줄은 꿈에도 생각 못했는데."

P는 얼음물을 컵에 따라서 마셨다.

"무슨 말이든 하고 싶으면 해."

M이 정색을 하며 두 눈을 크게 떴다.

"너와 헤어지는 조건으로 네 아버지가 주는 돈을 받았어. 다시 만나지 않겠다고 각서를 쓰고 현금 2억을 받았어."

P는 고개를 숙여 커피 잔을 힘주어 잡았다.

"아 그 돈. 5억 아니었나. 그 돈을 가지고 함께 도망가자던 약속을 깨버린 너에 대한 미움을 가지고 살았어."

M이 고개를 들어 P를 똑바로 바라보았다.

처음 계획한 10분이 아니라 한 시간이 지났다. 얼음처럼 단단하게 얼었던 마음은 한 시간 안에 물처럼 흘렀다.

M과 P는 캠퍼스 커플이었다. 복학생이었던 P는 어느 가을 날 낙엽처럼 마르고 파리한 그녀를 강의실에서 처음 보았다. 강의를 한귀로 듣고 한귀로 흘려보내고 수업이 끝나자마자 그녀를 따라나섰다. 강의실 복도를 따라 걷는 동안 윤기가 흐르는 검고 긴 그녀의 머리카락에서 라일락 꽃향기가 흘렀다. 로비의 자판기 커피를 쥔 그녀의 해맑은 얼굴을 바라보다 말을 걸었다.

"저, 죄송한데요."

뭐가 죄송하냐는 듯 그녀의 눈이 동그래지며 그를 쳐다보았다.

"커피가 마시고 싶은데 마침 잔돈이 없어서 그러는데 마시던 커피 좀 나눠주면 안 될까요?"

그녀는 일회용 컵에 담긴 커피를 내밀었고 그는 그녀의 입술 자국이 남아있는 곳에 입을 대고 들이켰다. 그는 웃으며 컵에 선명하게 남은 이빨의 흔적을 보여주었다.

"이제 서로 키스한 사이인데 배도 고프고 밥이나 먹으러 가죠."

P는 등록금을 스스로 벌어서 학교를 다녔다. 방학이 되면

도장공으로 일을 해서 돈을 모았다. 대학 졸업 후 P는 대기업 문을 두드렸다. 문은 쉽게 열리지 않았다.

P는 어쩌다 겨우 일차 서류면접을 통과하고 이차 구두면접 장에 갔다. 면접번호표를 가슴에 달고 P는 대기실에서 기다리고 있었다. 그는 강한 인상을 주려고 눈썹에 힘을 주고 목소리를 가다듬기 위해 헛기침을 하였다. 식은땀이 등줄기를 타고 흘렀다. 지긋지긋한 이 구직전선에서 하루빨리 탈출해야 했다. 취직이 되면 쪼들린 생활에서 벗어날 수 있을 터였다. 뒷바라지하느라 등골이 빠진 그의 아버지는 허리 병으로 드러누워 있다. 자식이 서울 소재 대학에 다닌다고 자랑을 일삼던 어머니는 아파트 청소부였다.

제발 합격해서 새 출발 해야지, 그는 주먹을 불끈 쥐었다.

P가 졸업 후 도합 스물다섯 차례 면접을 보는 날이었다. 번호가 호명되자 그는 다른 구직자들과 함께 면접실로 들어갔다.

"아버지는 뭐 하시나?"

여러 질문과 대답이 오고간 끝에 면접관이 심드렁하니 물었다. P는 구직과 아버지 직업과의 상관관계를 생각했다. 사실 그의 아버지는 무직이었고 투병 중이었다. 연줄과 집안배경을 묻는 덫에 걸려 그는 숱한 고배를 마셨다. 천국 문 앞에 설치된 부비트랩이랄까. 아버지는 전직 국세청 차장 정도는 되어야 마땅했다.

"농부입니다."

그는 거짓과 잔머리를 굴리는 대신 정공법을 택했다.

"또 떨어지면 우린 어쩌지? 제발 선의의 거짓말이라도 해 봐."

대기업에 입사한 M의 조언을 생각했다. 그녀 아버지는 그녀가 취업한 대기업 임원 출신이었다. 그녀 어머니는 전직 장관의 딸이었다.

"자기만 취직하면 우리 결혼해."

M은 말했다. 취직 못하면 결혼식장 문 앞에 갈 수도 없었다.

정말 일하고 싶습니다. 무슨 일이든 정말 열심히 할 수 있습니다. 돈을 왕창 벌어다 줄 인재가 여기 있다고요, P는 외치고 싶었다. 면접관은 그의 스펙은 거들떠보지도 않았다.

"우리가 보기에 일할 준비가 아직 안 되어 있어요."

턱이 날카로운 젊은 면접관이 말했다.

"남들 다 가는 해외연수도 안 갔다 왔네요. 그 흔한 자격증도 없고 말입니다. 요즘엔 변호사나 회계사 자격증도 넘쳐나요. 석박사 따고 노는 사람도 부지기수인데. 게다가 영어는 물론 제2 외국어 몇 개는 기본이고 말이에요."

일하고 싶으면 수련을 더 쌓으라는 말이었다. 당장 기획서를 잘 쓸 수 있는 인재도 중요하지만, 무엇보다 P라는 인간이 회사가 원하는 잣대에 맞아야 했다. 그것만으로는 부족했다.

P라는 인간을 생산한 부모도 평가대상이었다. 업무능력만 있고 '빽'이 없으면 우리 회사 입사하기가 그리 쉽지 않을 걸, 하는 얼굴로 면접관은 그의 출신배경을 훑어 내렸다. P는 면접관의 메마른 얼굴을 바라보았다. 목이 마르고 갑자기 허기가 졌다.

"아직도 생활비 타령이니? 엄마 용돈은 언제 줄 거니? 아빠 병원비 대기도 힘들어서 그래."

어머니는 한숨을 쉬며 P의 핸드폰에 하소연을 했다.

"사지가 멀쩡한 사내놈이 어디 가서 노가다를 해서라도 돈을 벌어야지."

형은 그의 전화를 초장에 끊어버렸다. 오늘 당장 먹을 쌀이 떨어졌다는 얘기를 미처 하지도 못했다. 그는 형에게 먹을 준비가 아니라 일할 준비가 되어 있다고 말하려고 했다.

벽은 높고 문은 꽉 잠겨있었다. 앞으로 사막이나 광야에서의 청년해외취업체험이 아직 남아 있었다. 광야는 취업 길잡이 마지막 살신성인 코스였다. 중동 현장에서 무보수 노예체험을 곁들인 코스였다. 오직 상상력 하나로 만든 이 코스를 마친다 해도 전도가 유망한 것도 아니었다. '청년이 텅텅 빌 정도로 다 어디 갔냐고 물으면 모두 중동 갔다고 할 정도로 해보라'는 이 가시밭길을 택한 청년은 손에 꼽을 만했다. P는 직업을 갖더라도 밤보다는 낮에 일하는 직업을 갖겠다고 결심 했다. 석 달간 근무한 편의점 심야 알바 후유증은 두통과

위경련 증상으로 남았다. 매일 라면을 끓여 햇반 하나를 말아 먹었다. 죽기 살기로 해봐야 몸만 상할 뿐이었다. 생존경쟁에서는 언제나 이겨야 했다. 그래야 행복하게 살 수 있을 것이었다. 취업의 문, 열려라. 아무리 노력해도 가뜩이나 좁은 문은 열릴 기미가 보이지 않았다. 구직 확률을 높이기 위해 P는 온갖 자격증 취득과 실무경험을 더 쌓아야 했다. 구직 전선에 뛰어든 P는 오직 회사에 필요한 인재가 되겠다고 다짐했었다.

"눈을 조금 낮추라고. 멸망으로 가는 문은 크고 그 길이 넓다는 말씀도 있어. 어차피 잘리고 말 건데 가늘고 길게."

대기업에 다니는 친구의 충고였다. P는 아랑곳하지 않았다. 고액 연봉을 받는 직장을 다니는 것이 그가 바라는 삶이었다. 그래야만 학점과 취업준비에 치였던 대학생활과 부모님 등골을 파먹었던 등록금에 대한 보상이 이루어질 것이었다. 그는 인턴에서 출발하여 돈과 명예가 보장된 정상에 서고 싶었다.

"이제부터는 일당백이야!"

면접을 마친 P는 회사 정문을 나서며 외쳤다. 점심시간이었다. 거대한 흑갈색 도심 건물들은 정장차림으로 각이 잡힌 남자들과 여자들을 토해내고 있었다. 그는 아침을 굶어 배가 고팠지만 오후 알바 시간에 늦을까, 지하철역으로 향했다. 어깨에 힘을 주고 싸울 기세로 걸어가면서 그는 오가는 미래의 원수들을 하나씩 노려보았다.

어렵사리 중소기업에 취업한 P는 M과 한 집에서 살고 싶었다. M의 집 육중한 문은 닫혀있었다. 그 집 문을 보면 그 안에 사는 사람을 알 수 있었다. 그녀 집안의 반대는 극심했다. 문이 없는 벽이었다. 그는 두 손을 들었다.

함께 저녁을 먹고 M은 블랙커피를 마시고 있다. P는 맥주를 마시며 시계를 본다. 그녀를 만난 후 거의 10시간이 흘렀다. 10시간이나 차오른 사랑의 추억이 빈 가슴을 채웠다. M을 지금 보내면 다시는 만나지 못할 것 같았다. M은 독신으로 지냈다. 다시 돌아오지 않을 시간이 썰물처럼 빠져나가고 있었다. M은 P에게 최후통첩을 내렸다.

"혼자 살기로 했나요? 당신이라는 남자 죽도록 밉지만 마지막 한 가지 거래를 하고 싶어요. 용서할 기회를 주겠어요. 내게 돌아오세요. 열흘이면 되겠어요?"

"왜 10일이지?"

P의 심경은 복잡했으나 단순한 물음을 던졌다.

"충분한 시간이죠. 그냥 단순하게 결정하세요."

M의 제안은 P에게 비상구처럼 보였다. 이진법 세상. 풍요를 평등하게 나누는 단순한 계산법이 P의 가슴을 요동치게 만들었다. 치명적인 유혹을 느끼자 P의 심장이 뛰었다. 그는 신경안정제를 한 알 더 삼켰다. 알약이 목에 걸리고 그는 사

래가 들어 마른기침을 했다.

10일

P는 10일 이내에 인생을 바꿀 수 있는 결정을 내려야 한다는 사실이 혼란스러웠다. M의 제안을 거절하고 돌아서면 그만이었다. 여전히 아름다운 M이었다. 별거중인 아내의 모습이 안개 속에서 어른거렸다. M을 받아들인다면, P는 가정을 버리는 놈이 될 것이었다. 원래 나쁜 놈이라고 인정하고 아내를 버리고 M을 받아들인다면 3년 동안 잃어버린 사랑을 찾는 것인가. P는 문득 궁금하였다.

그러다 P는 화가 치밀어 올랐다. 술과 섞인 신경안정제는 그를 어지럽게 만들었다. 지금 화를 내는 것이 경우에 맞는 일인가. P는 머뭇거렸다. 공영주차장에 맡겨둔 M의 차를 찾기 위해 거리를 따라 내려갔다. P는 지금 분명 십진법 세상에서 살고 있다. 컴퓨터 논리처럼 정확한 이진법 세상의 M을 바라보았다. 그는 머릿속이 혼란스러웠다. 그는 그라는 기억의 합집합인데 거기에 여자가 끼어들었다. 0과 1로 이루어진 단순명료한 이진법 세상과 혼란스러운 십진법 세상이 섞여 돌아가고 있다. 어제의 그와 오늘의 그 사이에 작은 문이 열린 것일까.

　노란 리본을 가슴에 달고 피켓을 들고 구호를 외치는 시위대를 지나쳐 걸었다. 거대한 먹구름이 몰려오고 있다. 빌딩숲 아래 도열한 전투경찰들의 엄호를 받으며 사람들은 촛불을 들고 있었다. P는 서둘렀다. 사람의 앞길을 노리는 어둠이 늘 도사리고 있었다. 은행사거리 모퉁이 현금인출기에서 잔고 십만 원을 찾아 바지 뒷주머니 속 지갑에 넣었다. 그는 거리의 화려한 불빛과 휩쓸려 내려가는 인파를 바라보았다.

　누가 자신의 마지막 날을 예감할 수 있을까. 지구상 생명체들은 마감시간이 다가오면 하던 일 멈추고 반드시 돌아가야만 했다. 하다못해 십분 이내에 갑자기 몹쓸 병에라도 걸릴 수도 있었다. 누가 천국 문에 가까이 갈 그 시간을 거절할 수 있다는 말인가. 십 년을 잠복한 암이 도질 수도 있었다. 십진법을 잘 쓰는 부유하고 힘 있는 자들과 0과 1 외에 아무것도 중요하지 않은 자들도 시간의 문이 열리면 들어갔다. 살아나오는 방법은 없다. 다가오는 종생을 피해 살아남을 방법이 있다면 사람들은 어떤 대가를 치루더라도 모두 알고 싶었다. 이 세상에는 힘과 권력과 돈으로 해결하지 못할 문제가 있었다. 생각하니 P는 금방 기분이 좋아졌다. 내일 당장 실업급여를 끊어버릴 수가 보였다.

　콘크리트 도시의 시스템이 가열되는 순간이 왔다. 열대야 열기가 달아오른 도시 거리 불빛은 찬란했다. 온갖 철과 유리와 생명이 부글거리며 끓어 넘쳤다. 신경안정제 부작용인지

P는 온몸이 축 늘어졌다. 등 한복판 손이 닿지 않는 부위가 미치도록 긁고 싶었다. 거리는 후텁지근한 열기를 견디지 못해 녹아내리고 있었다. 약기운 때문에 P의 의식은 점점 몽롱해졌다. 사우나 뜨거운 열기에 갇힌 느낌이었다. 숨이 가빠졌다.

갑자기 사람들이 뛰어갔다. 이어 소낙비가 내렸다. 그들은 주차장 골목 안 모텔이 보이는 처마 아래로 비를 피해 숨었다. 1킬로미터를 가기도 전에 P는 M의 제안에 대하여 의문을 가졌다. 믿을 수가 없었다. 미치지 않고서는 도저히 일어날 수 없는 일이었다. 그 자신이 감내할 한계를 벗어난 느낌이었다. 불안이 그 섬뜩한 그림자를 드리웠다. 그 동안 그가 살아온 세계에서는 미처 깃들지 못한 생각들이 새처럼 푸득거리며 날아올랐다. 빗줄기가 굵어지고 학의 다리 같은 M의 종아리에 빗방울이 튀어 올랐다. 번개가 치고 천둥이 으르렁거렸다. 10억 그리고 100억이라는 돈. 그것을 만들어 바치기 위해 흘렸던 땀과 피. 식은땀이 흐르는 P의 등에 갑자기 두드러기가 돋는 것처럼 소름이 돋았다. M의 제안을 단순한 이진법으로 아니면 아주 복잡해서 계산하기 어려운 육십진법으로 전환할 방법을 찾았다. M에게서 라일락 향수 머리냄새가 났다. M을 쓰다듬듯이 만지자 피와 땀에 절인 비릿한 냄새가 P의 코를 자극했다. 지폐의 냄새.

"어디에 있지? 어디 있는 거야?"

P는 중얼거리듯 물었다. M은 손가락으로 노란색 네온사인 불이 켜진 모텔을 가리켰다.

"어디에 처박혀 있는 거야?"

그는 약간 흥분된 목소리로 물었다.

"왜 그래? 어디 아파?"

"도대체 이놈의 출구가 보이지 않아."

P가 헛소리를 지르자 M이 비틀거리며 그의 가슴으로 파고 들어왔다. M의 마른 어깨뼈가 가슴에 닿자 P는 이것이 쾌감 인지 또 다른 고통의 단초인지 도무지 알 수가 없었다. 술과 약의 화학 작용으로 인해 그녀라는 실체가 쾌감인지 정신의 고통인지 혼란스러웠다. 뇌에 수증기가 차올라 뚜껑이 열리 려는 찰나였다. P는 정신을 차리려고 머리를 흔들어 빗물을 털어냈다. 바지 주머니 속에 손을 넣자 조금 전 현금인출기에 서 찾은 화폐가 만져졌다. 바지 속 구겨진 종이돈 십 만원은 이진법으로 얼마일까. P는 마지막으로 남은 돈을 만지작거리 자 저절로 한숨이 나왔다. 간단한 수학문제를 생각했다. 십진 법을 이진법으로 전환하는 법. 다른 세계로 가는 길이 열리길 바라는 수식이었다.

십진법으로 나타낸 수를 이진법으로 나타내는 방법을 썼 다. 십진법으로 나타낸 수를 몫이 0이 될 때까지 2로 계속 나 누어서 각 나머지를 역순으로 암산했다. 세상이 떠내려갈 기

세로 비가 쏟아져 내렸다. 꿈속처럼 시야가 흐렸다. 그는 눈
을 감고 귀를 닫고 주머니 안의 100,000원을 2로 계속 나눈
다. 이 세상을 0이 될 때까지 나누고 싶다.

평행우주를 떠올렸다. 수많은 우주는 나름 보이지 않는 곳
에서 우리 세계와 비슷하게 진행되어 간다는 이론. 무한에 가
까운 경우의 수가 존재하는 우주에 그 경우의 수만큼 또 다른
우주가 존재할 수 있다. 이런 가능성 중 단 하나만이 선택되
었다. 하나의 선택만이 존재하는 결혼은 지옥이었다. M과 만
들어갈 다른 세계에서의 삶을 떠올렸다. P는 좀체 흥분이 가
라앉지 않았다. 좀 전에 마신 맥주가 위벽을 타고 올라왔고
혀가 꼬이기 시작했다.

"무슨 생각을 하는 거야?"

M이 물었지만 P는 더는 지체할 시간이 없었다. 맨 정신으
로 살기 힘든 지금 이 순간 이진법을 펼칠 때가 온 것이다. 진
실이 아니면 거짓, 흰 것이 아니면 검은 것, 불필요한 중간계
의 수가 너무 많았다. 복잡한 추상명사가 설치지 못하는 이진
법 세상으로 건너갈 기회가 그의 앞에 펼쳐졌다. 그는 주머니
속 십 만원을 계산했다. 십만 원을 열일곱 차례에 걸쳐 반으
로 나누자 암호처럼 0과 1의 숫자가 펼쳐졌다. 십진법을 이진
법 세계에서 해독할 것을 요구하고 있다. 한번 주어진 생애
최후의 선택이었다.

P는 이진법으로 전환된 지폐 가치를 떠올렸다. 11,000,011,010,100,000라는 숫자를 중얼거렸다. 이미 해독한 세계의 모스부호를 입으로 뱉어냈다. 숨을 몰아쉬자 몸은 한결 편안해졌다. 그는 저 우주 너머로 신호를 보냈다. 지폐가 종이에 찍힌 낙인이라면 그런 강요된 약속 따위는 지키지 말라는 신호를 보냈다. 석가가 보리수 아래 숨겨둔 세상이 열리기 전이었다. 무너지는 P의 어깨를 부축하고 M은 신음을 내질렀다.

지구가 멸망할 것처럼, 어둠이 내린 거리에 장대비가 쏟아져 내렸다. 방주들이 물살에 쓸려 내려갈 것처럼, 천둥과 번개를 치며 비가 내렸다. 캄캄한 하늘에서 수문이라도 열어놓은 것일까. P는 눈을 감고 이제 외부로 향한 귀를 닫았다. 하루 분량의 세계가 물줄기에 휩쓸려 내려가고 있었다. M은 눈을 뜨고 행여 오늘 겨우 만난 P가 사라질까 두려운 듯이 그의 얼굴을 감싸 안았다. P는 병든 내부로 귀를 기울이고 다른 세계로 가는 통로가 부드럽게 열리기를 기다렸다. 그때, 갑자기 시간이 정지되어 별의 운행이 멈춰진 것처럼 비가 그치고 사위가 조용했다. P가 M을 품에서 밀어냈다. 막다른 골목 끝에 작은 문이 하나 닫혀있었다. 그는 비틀거리며 그 앞에 섰다. 문 안에서 이 세상의 것이 아닌 황홀한 불빛이 새어나왔다. 문 밖에서 그는 굳게 잠긴 자물쇠를 바라보았다.

열려라, 제발 열려라 문. 그는 중얼거렸다. 정지된 시간 속에서 생각을 가다듬을 무렵이었다. 어지러운 세상이 돌고 돌았다. 점점 또렷해지는 의식과 상관없이 그의 몸이 힘을 잃고 절반으로 접혀지고 있다. 접혀지는 몸을 세우려고 그는 고개를 들었다. 광명을 등진 채 사라지는 이진법 인간 M을 보았다. 옥죄이는 가슴을 부여잡고 P는 마지막 숨을 몰아쉬었다.

'앞이 보이지 않을 정도로 세상은 어두워지고 있어요. 지금 나는 천국의 문을 두드리고 있어요.'

휴대폰 지정곡이 울렸다. 아내의 전화였다. P가 입은 윗옷 안쪽 호주머니에서 흘러나왔다. 누구에게나 힘들고 지친 생애 한번쯤 위로를 주는 그런 노래였다. 마음 한구석에 처박힌 그리움처럼, 켜켜이 쌓인 세월의 먼지를 털고 또 다른 세상이 열리는 소리였다.

두드려요. 두드려요. 천국의 문을 두드려요. 두드려요. 두드려요. 천국의 문을 두드려요. *

이 서울이라는 대도시 어느 막다른 골목 한구석에 좁은 문이 열리고 있었다. P는 기적적으로 열린 문을 밀고 안으로 들어갔다.

* Knockin' On Heaven's Door, Bob Dylan.

【소설의 그림들】

여자, 98×145cm, 박인(박인식) 2012, Acrylic and mixed media on canvas(page 15)

밤의 카르마, 112×145cm, 박인 2014, Acrylic and mixed media on canvas(page 47)

Tweet, 112×162cm, 박인 2011, Acrylic and mixed media on canvas(page 113)

상상도시, 112×162cm, 박인 2014, Acrylic and mixed media on canvas(page 140~141)

낮의 카르마, 112×145cm, 박인 2014, Acrylic and mixed media on canvas(page 179)

만다라 2, 160×160cm, 박인 2010, Acrylic and mixed media on canvas(page 217)

소설가

말이라 불린 남자

1쇄 발행일 | 2018년 01월 11일

지은이 | 박인
펴낸이 | 윤영수
펴낸곳 | 문학나무

편집 · 기획실 | 03085 서울 종로구 동숭4나길 28-1 예일하우스 301호
이메일 | mhnmoo@hanmail.net

출판등록 | 제312-2011-000064호 1991. 1. 5.
영업 마케팅부 | 전화 | 02-302-1250, 팩스 | 02-302-1251
ⓒ박인, 2018

값 13,500원
잘못된 책은 바꾸어 드립니다
지은이와 협의로 인지는 생략합니다
무단 전재 및 복제를 금합니다
ISBN 979-11-5629-065-0 03810